Felicity Finn

Tim und die Tanten

Eine Krimikomödie

Deutsch von
Norbert Lechner

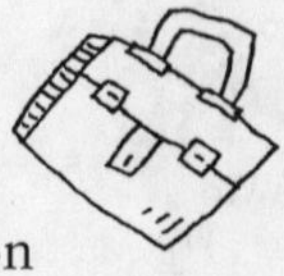

Mit Bildern
von
Philip Waechter

Rowohlt

Redaktion Susanne Koppe
Lektorat Catrin Frischer

Deutsche Erstausgabe
Veröffentlicht im Rowohlt Taschenbuch Verlag
GmbH, Reinbek bei Hamburg, Dezember 1998
Der Titel der Originalausgabe lautet:
«Jeremy and the aunties»,
erschienen bei Second Story Press, Toronto

Umschlagillustration Philip Waechter
Umschlaggestaltung Barbara Hanke
rotfuchs-comic Jan P. Schniebel

Satz Garamond PostScript (PageOne)
Gesamtherstellung Clausen & Bosse, Leck
Printed in Germany
ISBN 3 499 20938 1

Die Schreibweise entspricht den Regeln
der neuen Rechtschreibung.

Die drei Tanten

Am Anfang hatte ich keine Angst vor den Tanten. Erst als wir sie auf die Wohnzimmercouch gesetzt hatten, damit es so aussah, als würden sie gerade fernsehen, lief es mir eiskalt den Rücken runter, sie sahen wirklich echt aus!

Meine Mutter war auf die Idee mit den Tanten gekommen. Seit sie ihren neuen Job als Requisiteurin im Theater hatte, wollte sie eine große Fete feiern. Sie fand, drei ausgestopfte Puppen wären *der* Partygag.

Zum Basteln brauchten wir fast eine Woche. Meine Mutter klapperte Second-Hand-Shops und Stoffläden nach alten Kleidern und Resten ab und stöberte im Fundus des Theaters. Dann legten wir los. Nähen ist normalerweise nicht mein Hobby. Aber der Fernseher streikte an diesem Abend aus unerklärlichen Gründen, und deshalb hatte ich nichts Besseres zu tun.

«Wenn du die Körper, Arme und Beine machst», sagte meine Mutter, «dann übernehme ich die kniffligen Sachen, die Gesichter und die Hände.»

Die Beine waren kein Problem. Ich stopfte einfach drei Paar Strumpfhosen mit Schaumstoffflocken aus und steckte die Füße in Schuhe. Die Hände machten uns dann etwas Kopfzerbrechen, wir fanden aber eine Lösung und nähten drei Paar ausgestopfte Handschuhe an die Arme. Meine Mutter hatte einen Riesenspaß, als sie die Gesichter machte. Erst stickte sie Nasen, Ohren, Lippen und Augenlider, dann nähte sie Grübchen, Krähenfüße und Falten auf die Backen und um die Münder. Schließlich schminkte sie die drei mit Lippenstift und Rouge und Augenbrauenstift. Als sie dann noch Perücken und Kleider bekamen, sahen sie beinahe lebendig aus.

«Jetzt müssen wir ihnen nur noch Namen geben», sagte meine Mutter. «Ich finde, die sehen aus wie Tante Isabel, Tante Gitti und Tante Lotte. Was meinst du?»

«Stimmt.»

«Aber ich fürchte, die alte Isabel ist reichlich prüde.» Sie war sichtlich zufrieden mit unserem Werk.

«Wir haben Tante Gitti wohl etwas zu dick gemacht», sagte ich. Meine Mutter seufzte und nickte. «Sie sollte wirklich versuchen, ein paar Pfund abzunehmen. Und das Kleid! Die arme Gitti hat überhaupt keinen Geschmack, wenn's um Kleider geht. Sie sieht immer aus wie ein wandelnder Second-Hand-Laden!» Wir kicherten.

«Dafür ist Lotte eine wahre Zuckerpuppe!», sagte meine Mutter. «Ich wette, sie hat in ihren besten Zeiten so manches Herz gebrochen.»

Irgendwie sahen alle drei unheimlich echt aus, so, wie sie dort auf der Couch saßen. Ich rechnete fast damit, dass sie gleich losplappern würden. Mir lief es wieder kalt über den Rücken.

«Willst du zu der Party heute Abend nicht auch einen von *deinen* Freunden einladen, Tim?», fragte meine Mutter. «Die Sommerferien haben angefangen. Eine Nacht lang so richtig feiern – unter meiner Aufsicht natürlich – wird dir nicht schaden.»

«Okay!» Da gab es nichts zu überlegen. Ich ging zum Telefon und rief Rick an. Seit wir denken können, sind Rick und ich die besten Freunde.

Er meldete sich wie immer:

«Rickett hier.»

«Hey, Rick», sagte ich. «Meine Mutter macht heute Abend 'ne Party – nur Erwachsene – wird vermutlich langweilig. Sie hat gesagt, ich kann dich einladen. Außerdem muss ich dir unbedingt was zeigen.»

«Keine Zeit», antwortete Rick. «Meine Mutter ist heute da und will mit mir essen gehen. Aber mein Dad wird wohl kommen.»

«Ach so», sagte ich. «Dann komm doch einfach morgen vorbei. Wir haben was gebastelt, das musst du dir ansehen.»

Als es Abend wurde, tat ich so, als ob ich ins Bett ginge, aber ich schlich mich wieder aus meinem Zimmer und beobachtete das Treiben von der Treppe aus.

Die Tanten waren der absolute Partyhit. Die Freunde meiner Mutter waren begeistert.
«Bezaubernd! Wie originell! Und so echt!», riefen sie entzückt. Und wie wir gehofft hatten, hielten einige Gäste sie im ersten Moment wirklich für Menschen. Ein Kollege von meiner Mutter bot Gitti den Teller mit den Cocktailwürstchen an, ich sah, wie er rot wurde und sich schnell umschaute, ob jemand seinen Irrtum bemerkt hatte. Gegen Ende der Party saß ein leicht angeheiterter Professor Rickett mit Lotte im Arm auf der Couch und textete sie völlig zu. Und Dr. Zucker schwang das Tanzbein mit Isabel und ihrem Krückstock.
Am nächsten Morgen ging ich schon früh hinunter, weil ich im Fernsehen einen Zeichentrickfilm sehen wollte. Der Fernseher war nun ganz in Ordnung, seit dem Abend, an dem wir die Tanten fertig hatten, funktionierte er seltsamerweise wieder.
Ich mag Fernsehen – Sport, Game-Shows, witzige Serien, Spielfilme, Zeichentrickfilme, Wiederholungen, alles – mir hatte das wirklich gefehlt. Im Wohnzimmer sah ich mich nach Resten vom Buffet um. Auf einer Platte lagen noch ein paar kalte Würstchen, Chips und fünf Stück Schokolade.
Ich bückte mich gerade nach der Remouladenschüssel, die unter dem Sessel stand, als ich hinter mir ein Räuspern hörte. Ich erstarrte. Dann sagte eine Stimme direkt neben mir: «Hat man so was schon gesehen, einfach ins

Bett zu gehen und diese Unordnung zurückzulassen! Sie haben nicht einmal das Geschirr gespült. Was für eine Wirtschaft!»

Meine Nackenhaare sträubten sich. Ich wagte kaum, mich zu rühren, und horchte. Eine andere, jüngere Stimme antwortete: «Aber ich muss sagen, es war eine entzückende Party. Professor Rickett ist so ein charmanter Gesprächspartner. So geistreich!»

«Also wirklich, Lotte», ertönte die erste Stimme, «das hätte ich nicht von dir gedacht. Von diesem unappetitlichen Zeitgenossen mit seinen Weinflecken auf dem Hemd hast du dir Komplimente machen lassen. Er trug nicht mal eine Krawatte. Du meine Güte!»

«Und du, Isabel! Du hast mit dem gut aussehenden Doktor getanzt. Das hat dir doch auch Spaß gemacht.»

«Überhaupt nicht, Lotte, meine Liebe, wenn du es genau wissen willst. Er hat mich einfach an sich gerissen und Walzer getanzt. Was sollte ich tun? Ich hab ihm gegen die Schienbeine getreten und versucht, ihn mit meinem Stock zum Stolpern zu bringen.»

«Die Dame des Hauses ist vielleicht keine gute Hausfrau», sagte die dritte Stimme, «aber kochen kann sie. Dieses Essen sah wirklich sehr delikat aus. Ich hatte den ganzen Abend Angst, mein Magen könnte knurren.»

Langsam schob ich den Kopf über die Rückenlehne des Sessels. Niemand außer mir war im Zimmer. Nur die drei Puppen, die noch genau so auf der Couch saßen wie am Abend zuvor. Mit Lumpen und Schaumstoff gestopfte Puppen können nicht sprechen, sagte ich energisch zu mir selbst, egal, wie echt sie aussehen. Das ist einfach unmöglich. Aber mir wurde trotzdem heiß und kalt, und ich zitterte, und mir fielen sämtliche Gespenstergeschichten ein, die ich jemals gehört hatte.

Dann musste ich über mich selbst lachen. Natürlich! Meine Mutter oder einige ihrer verrückten Freunde hatten sich das ausgedacht, um mir einen Streich zu spielen. Ich suchte fieberhaft unter den Möbeln und hinter den Polstern nach einem versteckten Kassettenrekorder. Aber ich fand keinen, auch nicht unter der Couch.

Mein nächster Gedanke war: In den Puppen sind Lautsprecher versteckt! Meine Mutter spricht in ihrem Zimmer in ein Mikrofon. Das wäre typisch für sie. Aber keine der Stimmen hatte wie die ihre geklungen. Diese Stimmen waren so dünn und zittrig – wie die Stimmen von alten Damen.

Ängstlich näherte ich mich den drei Puppen. Normalerweise fummel ich nämlich nicht in den Haaren und Kleidern von Frauen herum. Ich fing mit Isabel an. Sie war die Älteste von den dreien, ganz in Schwarz gekleidet. Ich guckte unter ihren kleinen Hut, ihren Schleier und unter ihre graue Perücke. Ich untersuchte ihren Stock und das kleine Medaillon, das sie um den Hals

trug. Überall tastete ich sie ab, unter ihrem Schal und unter ihrem Kleid. Kein harter Gegenstand.
Ihre kleinen Augen schienen mich empört anzustarren, also beendete ich die Untersuchung so schnell wie möglich.
Als Nächste nahm ich mir Lotte vor. Sie war die jüngste und hübscheste der drei Puppen. Sie trug ein marineblaues Kostüm, hochhackige Stiefeletten, auf dem Hut waren Federn, und um ihre Schultern lag ein Pelz.
Sogar ihre perlenbesetzte Handtasche und die elegante Zigarettenspitze untersuchte ich. Keine Spur von einem Lautsprecher. Blieb nur Gitti. Ihr geblümtes Kleid spannte über der Brust, und ihre Füße quollen aus den Schuhen. Sie trug einen glitzernden Pulli, allerlei Ringe und Halsketten und riesige Perlenohrringe.
Sie klammerte sich an einer großen Handtasche fest und hielt einen geblümten Regenschirm.
Als ich ihre dicklichen Arme betastete, fing sie plötzlich lauthals an zu kichern. Erschrocken zog ich meine Hand zurück. Das Lachen und Hicksen ging weiter. «Oh, ich kann nichts dafür, ich bin so kitzelig.»
«Du lebst!» Ich hielt den Atem an und brachte mich schleunigst außer Reichweite. Das Unheimliche war, dass das Kichern und das, was sie sagte, aus ihrem Inneren zu kommen schien, obwohl sich ihre Stofflippen nicht bewegt hatten.
«Sehe ich etwa tot aus?» Gitti kicherte wieder. Lotte

ließ sich tiefer in den Sessel sinken, Isabel rümpfte die Nase.
«Nun hast du es getan», sagte Isabel zu Gitti, und während sie sich etwas zu mir drehte, fuhr sie fort: «Was bist du nur für ein schrecklicher Junge. Schubst und kitzelst ältere Damen ... Hat dir niemand Manieren beigebracht?»
Ihr Mund zuckte ein bisschen, öffnete sich aber nicht.
«Tut mir Leid», stammelte ich und stolperte ein paar Schritte zurück. «Ich hab euch für Puppen gehalten.»
«Puppen, in der Tat!» Isabel rümpfte die Nase. «Du solltest dich schämen. Wenn du nun bitte so freundlich wärst, uns aus diesen unbequemen Stellungen zu helfen.» Ich zögerte.
Obwohl ich vor Angst bibberte, war mir klar, dass es ein Trick sein musste.
«Das ist wirklich ein großartiger Gag. Aber so leicht kannst du mich nicht reinlegen», sagte ich laut. «Wir können uns auch ohne Mikrofon unterhalten!»
Da hörte ich, wie meine Mutter im Obergeschoss die Dusche anstellte. Sie konnte die Stimmen also nicht imitiert haben.
Konnten diese Puppen denn wirklich sprechen? Unwahrscheinlich! Ich untersuchte die Couch unauffällig und setzte die Puppen gerade hin, wobei ich darauf achtete, sie so wenig wie möglich zu berühren.
«Vielen Dank», sagte Isabel.

«Dein Name ist Tim, haben wir das richtig verstanden?», fragte die Puppe namens Lotte mit freundlicher Stimme. Ich nickte.

«Was für ein entzückender Name! Ich bin Lotte, und das sind meine Cousinen, Isabel und Gitti.»

«Ich weiß», flüsterte ich und streckte meine Hand aus, um zu zeigen, dass ich auch Manieren hatte. Keine von ihnen schüttelte meine Hand. Ich wusste aber, dass sie sich zumindest etwas rühren konnten, genug, um die Achseln zu zucken und die Finger zu bewegen. Plötzlich stellte ich mir vor, die Tanten würden nachts im Haus herumgeistern und zu meinem Zimmer hochschleichen.

«Verzeihung», stammelte ich, «aber ich habe mich gerade gefragt, ob ihr auch gehen könnt?»

«Gehen?» Gitti kicherte. «Er will wissen, ob wir gehen können.»

«Schlechte Beine», antwortete Isabel und deutete auf ihren Gehstock.

«Wie sollen wir denn gehen», fügte Lotte hinzu. «Könntest du auf diesen Beinen gehen?!» Sie tauschten belustigte Blicke aus. «Aber vielleicht wärst du so freundlich, lieber Tim, uns mitzuteilen, wo wir hier sind. Die Adresse, die Stadt, das Jahr? Wir sind gespannt.»

«Das ist hier die Orionstraße 269 a –» Ich verstummte, weil meine Mutter die Treppe herunterkam.

«Hallo, Tim. Sprichst du mit den Tanten? Sie waren der Hit gestern Abend. Aber lass dich nicht stören. Besser, du plauderst mit Stoffpuppen, als dämliche Zeichentrickfilme anzusehen. Hast du schon gefrühstückt?»

Während sie in der Küche Tee und Toast machte, versuchte ich, aus ihr herauszubekommen, wie der Trick funktionierte. Mit meiner Mutter komme ich eigentlich gut klar. Ich kann mit ihr über alles reden.

«Äh ... Mama», sagte ich, «äh ... du glaubst doch nicht an Gespenster, oder?»

«Natürlich glaube ich daran! Es war schon immer mein größter Wunsch, mal einem zu begegnen. Hast du eines gesehen, Tim?»

«Mama, du hast den Tanten was eingebaut, damit sie sprechen können, nicht wahr?»

«Sprechen? Nein, ist aber eine tolle Idee! Das hätte mir vor der Party einfallen sollen. Stell dir mal die Wirkung vor!»

Sie sah mich an. «Aber warum fragst du, Tim?»

Wenn meine Mutter jemals erfahren würde, was sie da geschaffen hatte, wäre sie so begeistert, dass sie sofort eine Massenproduktion von lebensechten Stoffpuppen starten würde. Sie könnte nicht eher ruhen, bis das Haus von solchen Puppen überquellen würde. Wenn ich mir das nur vorstellte: Dutzende von runzeligen alten Kreaturen würden am Küchentisch sitzen, durch die Betten toben, telefonieren und in der Badewanne liegen. Und alle würden pausenlos plappern! Mich fröstelte bei dem Gedanken. Horror! Drei von der Sorte waren mehr als genug.

«War nur ein Witz», sagte ich. Meine Mutter machte sich wieder über ihren Tee her. Sie wirkte etwas enttäuscht. Nach dem Frühstück verzog sie sich mit einem Buch nach oben. Ich konnte kaum erwarten, dass Rick endlich kam.

Das Ende einer langen Freundschaft

Ich wartete an der Auffahrt zu unserem Haus. Rick und ich haben vieles gemeinsam. Wir spielen beide Tennis und sehen gerne fern. Schule und Mädchen nerven uns. Wir sehen uns sogar etwas ähnlich, Rick ist nur schlanker, er hat keine Sommersprossen und trägt keine Brille. Rick, das ist die Abkürzung für Rickett. Das Besondere an Rick ist, dass er unheimlich viel Geld hat. Er ist sogar reicher als sein Vater, Professor Rickett. Seine Mutter hat nach ihrer Scheidung von Ricks Vater einen Börsenmakler geheiratet. So kam Rick zu einem eigenen Computer, einer Elektrogitarre, einem eigenen Fernseher mit Videorekorder und einem eigenen Telefonanschluss.

Es ist nicht übel, mit ihm befreundet zu sein – er ist nicht nur reich, sondern auch klug und überall beliebt. Vielen ist es ein Rätsel, warum ausgerechnet ich sein bester Freund bin.

«Was gibt's Neues, Tim?», fragte Rick, als er von seinem Fahrrad sprang. Ich lächelte geheimnisvoll. Oft passiert es nicht, dass ich etwas habe, was Rick nicht hat. Er kriegt immer die neuesten Videos und Computerspiele. Aber drei sprechende Tanten schlagen sogar Computerspiele um Längen.

«Ich habe eine Überraschung für dich!» Wir gingen ins Haus.

«Du wirst das nicht glauben. Es ist wirklich eine irre Sache – du kommst nie drauf.»

«Ich hab auch Neuigkeiten», sagte er. «Aber fang du an.»

«Das hier», kündigte ich an, als wir das Wohnzimmer betraten. «Schau dich genau um. Was fällt dir auf?»

Rick sah sich um.

«Ich sehe ein ziemlich unaufgeräumtes Zimmer, sieht aus wie nach einer Party, und – was ist das? Drei Stoffpuppen auf der Couch.»

«Richtig!», rief ich.

«Paps erzählte was von drei alten Damen, die er auf der Party kennen gelernt hätte.»

«Rick», sagte ich förmlich, «ich möchte dir gerne meine drei Tanten Isabel, Gitti und Lotte vorstellen. Isabel, Gitti und Lotte – mein Freund Rick.»

Ich hatte erwartet, sie würden «Angenehm» sagen oder «Nett, dich kennen zu lernen» oder was in der Art. Aber sie sagten absolut nichts.

«Und», fragte Rick, «wo hast du sie her?»

«Meine Mutter und ich haben sie für die Party gebastelt.»

«Ist das alles, was du mir zeigen wolltest?»
«Das ist nicht alles. Heute Morgen, als ich herunterkam, hab ich etwas absolut Irres entdeckt. Du wirst es nicht glauben, Rick. Die Tanten können sprechen!»
«Alles klar.»
«Wirklich! Sie haben sich vorgestellt, sie können richtig reden. Sie können sich sogar ein wenig bewegen!»
«Aber sicher, Tim. Ich kann mir schon vorstellen, wie sie heißen.» Er grinste und deutete auf Isabel. «Die Alte, die so gemein guckt, ist Tante Fiesel. Und diese dicke Nudel» – er deutete auf Gitti – «sieht aus wie Tante Pasta.» Schmachtend blickte er Lotte an. «Und ich vermute, diese attraktive Person ist Tante Titti, hab ich Recht?»
Dann lachte er ziemlich laut.
«Sehr witzig!», entgegnete ich. «Du weißt genau, dass niemand was für sein Aussehen kann.»
Ich wandte mich an die Tanten.
«Hört nicht auf ihn», sagte ich, «Rick hat nun mal einen bescheuerten Humor. Wie geht's euch denn so? Schöner Tag heute, nicht wahr?»
Ich spürte, wie ich rot wurde. Rick grinste mich an. Plötzlich fuhr mir ein schrecklicher Gedanke durch den Kopf. Meine Mutter behauptete immer, ich hätte eine sehr ausgeprägte Phantasie. Vielleicht hatte sie ja Recht? Vielleicht hatte ich mir die Unterhaltung mit den Tanten nur eingebildet?

«Willst du meine Neuigkeiten hören?»
Natürlich wollte ich. Rick kramte ein zerknittertes Papier aus der Tasche.
«Das hing an einem Telefonmast. Lies mal. ‹Belohnung für Informationen, die zur Ergreifung von drei Bankräubern führen.› Die Namen und Personenbeschreibungen stehen auf dem Zettel. Wir beide könnten uns einen tollen Sommer machen, wenn wir sie finden. Bist du dabei? Am besten, du kommst gleich mit zu mir. Dann geben wir die Informationen in meinen Computer ein und beginnen sofort mit der Fahndung.»
Die Versuchung mitzumachen war groß. Außerdem

wollte ich endlich wieder mit einem echten Menschen meine Zeit verbringen. Wie konnte ich mich nur so täuschen? Aber ich hatte mir das nicht eingebildet – oder etwa doch? Ich konnte nur stammeln: «Wie bitte? Da sind drei mysteriöse sprechende Puppen in meiner Wohnung, und du willst ein dämliches Detektivspiel veranstalten?»

«Es liegt wohl an der Party.» Rick schüttelte den Kopf. «Ruf mich an, wenn du wieder normal bist.» Er ging.

«Rick, warte mal. Das ist kein Witz. Sie haben wirklich gesprochen und ...»

«Frag ich eben Mark und Reiner. Die mögen solche Herausforderungen. Mal sehen, ob sie mitmachen. Bis bald!»

«Glaubst du mir etwa nicht? Die Tanten können wirklich sprechen! Bist du nun mein Freund ...»

«Ruf mich an, wenn du drüber weg bist.» Rick drehte mir den Rücken zu und ging.

«Mark und Reiner sind Idioten!», rief ich ihm nach.

Ich trottete zurück ins Wohnzimmer, stand ratlos da und starrte auf die Tanten. Zugegeben, man sah ihnen wirklich nicht an, dass sie sprechen konnten. Es waren einfach drei große Stoffpuppen, die auf der Couch saßen. Und ich war mir auch nicht mehr so sicher, ob sie am Morgen mit mir geredet hatten.

«Die Wahl deiner Freunde spricht nicht gerade für dich, Tim.»

Ich hielt den Atem an. «Wie bitte? Was meinst du?»
Die trockene, hochnäsige und papierene Stimme schien von Isabel zu kommen.
«Der junge Richard oder Rick, wie du ihn nennst, scheint noch schlechtere Manieren zu haben als du.»
«Vielen Dank», sagte ich, «dass ihr mich vor meinem besten Freund zum Trottel gemacht habt. Rick glaubt jetzt, ich bin nicht mehr ganz dicht. Warum habt ihr nichts gesagt, als er hier war? Ihr habt mich wie einen Idioten dastehen lassen.»
«So ein Stoffel», sagte die Stimme von Lotte. «Fürchterlich vulgär.»
«Die jungen Leute heutzutage kennen keine Diskretion», sagte Isabel. «Keine Manieren, kein Taktgefühl.»
«Es ist nicht nötig, dass du unser Geheimnis jedem auf die Nase bindest», sagte Gitti.
Daraufhin ertönte die Stimme von der dicken Tante, die in der Mitte saß und die Rick «Tante Pasta» genannt hatte. So langsam konnte ich die Stimmen auseinander halten. «Wir sind keine Jahrmarktsattraktion und keine Peepshow. Wir hatten gehofft, du könntest was für dich behalten.»
«Aber warum wollt ihr nicht auch Freunde von Rick sein?», fragte ich.
«Wir kennen ihn nicht», antwortete Isabel, «ist er denn ehrlich, vertrauenswürdig und zuverlässig?»

«Natürlich, er ist mein Freund. Na ja, er war mein Freund ...»
«Im Moment sehen wir keine Veranlassung, unser Geheimnis mit irgendjemandem sonst zu teilen. Wir vertrauen darauf, dass du unseren Wunsch respektierst.»
Ich war also die einzige Person, mit der die Tanten sprechen wollten? Sie kannten mich doch auch kaum!
«Mein lieber Junge, was unternimmst du denn immer so, wenn du was erleben willst?», fragte Gitti.
«Etwas erleben? Es sind Sommerferien. Ich treib mich mit meinen Freunden rum, spiele ab und zu Tennis, sehe fern ...»
«Was hältst du von einem kleinen Ausflug?» Lotte blies einen Fussel von ihrer Matrosenbluse.
«Diese alten Kostüme, die deine Mutter aus dem Theater heimgebracht hat, sind wirklich nicht ganz unser Stil.»
«Wir müssen uns Sommerkleider kaufen», fügte Isabel hinzu. «Die hier sind aus Wolle. Wir kriegen noch die Motten. Es wäre nett von dir, wenn du uns dabei behilflich sein könntest, junger Mann.»
«Euch zum Einkaufen mitnehmen? Ich? Euch? Ganz sicher!»
Allein die Vorstellung, mit drei Puppen auf der Schulter in den Bus zu steigen, war zum Totlachen. Ich sah mich schon durch die Drehtür des Kaufhauses gehen und die Rolltreppe hochwanken. Dann könnte ich die Tanten in

einen Einkaufswagen pferchen und in der Abteilung für ältere Damen die Gänge auf und ab fahren.

«Vergesst es. Ich hab was Besseres zu tun.» Ich setzte mich vor den Fernseher.

Gegen Ende der Woche sah es so aus, als würden die Tanten bei uns bleiben. Sie seien eine so bezaubernde Ergänzung für das Haus, meinte meine Mutter – wie Skulpturen oder Möbel –, und sie ließ die drei einfach auf der Couch sitzen. Am liebsten hätte ich mit irgendjemandem darüber gesprochen, aber ich wusste seit dem Erlebnis mit Rick, von dem ich seither nichts gehört hatte, dass man die Anwesenheit von drei sprechenden Puppen auf der Wohnzimmercouch besser für sich behält. Schließlich wollte ich nicht ausgelacht werden oder für den Rest meines Lebens in der Klapsmühle landen. Wann immer ich auf dem Tennisplatz war, im Einkaufszentrum herumhing oder Freunde aus der Schule treffen konnte, musste ich aufpassen, dass mir nichts herausrutschte. Und das war nicht ganz einfach. Immer häufiger kam es vor, dass ich sagte: «Die Tanten finden …», und dann musste ich schnell einen Hustenanfall vortäuschen. Am besten machte ich meinen Mund gar nicht auf. Ich verbrachte immer mehr Zeit mit den Tanten.

«Lieber Junge, erzähl uns etwas von dir!», sagten sie.

«Okay», antwortete ich, «ich bin ein ganz normaler, durchschnittlicher Junge. Ich spiele gerne Tennis, sehe

fern, hm, hm, sonst gibt es nicht viel, was ich euch von mir erzählen könnte.»
«Hm!» Gitti sah mich ungläubig an.
Ich hatte etwas Angst, die Tanten auszufragen. Heimlich hatte ich sie beobachtet und herausgefunden, dass sie nie schliefen – jedenfalls hatte ich sie nie mit geschlossenen Augen angetroffen. Und sie brauchten weder zu essen noch zu trinken, und aufs Klo mussten sie nie. Ihre Hände und ihre Köpfe konnten sie ein bisschen bewegen. Aber sie konnten nicht laufen.
Das wollte ich ihnen beibringen, aber sie schienen vollauf zufrieden, wenn sie auf der Couch saßen und nichts zu tun hatten, als durch das Fenster die Straße zu beobachten und sich mit mir zu unterhalten.
«Wie kommt es, dass ihr alles Mögliche tun könnt, nur nicht gehen?», fragte ich und hatte den Verdacht, dass sie es vielleicht doch konnten, es mir aber aus irgendeinem Grund verheimlichen wollten.
«Vielleicht liegt es daran, dass wir keine Zehen haben», sagte Isabel.
«Könntest du laufen, wenn deine Beine in Stumpen enden würden?»
Ich dachte einen Moment darüber nach, wie ich ihnen Zehen an ihre Füße nähen könnte. Aber das hatte mir gerade noch gefehlt. Sie würden dann überall im Haus herumschnüffeln oder gar auf die Straße gehen.
Von vielen Dingen hatten die Tanten überhaupt keine

Ahnung. Das Fernsehen zum Beispiel erstaunte sie maßlos. Ich hatte ihnen beigebracht, die Fernbedienung zu benutzen, und nun zappten sie durch die Kanäle, sobald meine Mutter das Haus verließ.

Besonders Familienserien hatten es ihnen angetan, auch wenn sie sich immerzu über das angeblich schockierende Verhalten der Leute aufregten. Die Tanten waren hingerissen von dem Slang und übernahmen Sprüche wie «Du bist ja total hohl» und «Bleib auf'm Teppich». Ihr Lieblingsspruch war «Du hast 'nen Webfehler», darüber lachten sie so sehr, dass sie sich gegenseitig auf die Schenkel schlugen. Ich merkte zu spät, dass es ein großer Fehler war, sie fernsehen zu lassen. Sie glotzten nur noch, genauso wie ich selbst. Dabei hatten sie nichts Besseres zu tun, als ständig alles madig zu machen. Schlimmer als meine Mutter! Während der witzigsten Serien ließen sie besserwisserische Sprüche los wie: «So was von künstlich», «Total unrealistisch» oder «Das ist doch völlig unglaubhaft». Ich konnte mit ihnen keine Sendung ansehen, ohne dass sie blöde Bemerkungen über die «dummen Schauspieler» oder die «dünnen Geschichten» oder das «alberne künstliche Gelächter» machten.

Eine Sendung, an der sie besonders herumnörgelten, war meine Lieblingsshow «Echte Männer». Frauen aus dem Publikum stellten männlichen Kandidaten Fragen

wie: «Halten Sie einer Dame die Tür auf?» oder «Wovor haben sie am meisten Angst?»
Jede Show hatte ein eigenes Thema, zum Beispiel «Schüchternheit» oder «Großzügigkeit». Ich fand die Sendung interessant. Was kratzte es mich, was drei alte Stoffpuppen darüber dachten? Und warum hatte ich überhaupt zugelassen, dass ein paar Puppen meine Freundschaft mit Rick zerstört hatten? Denen würde ich es schon zeigen. Ich beschloss, Rick anzurufen, vielleicht hatte er Lust, mit mir Tennis zu spielen. Als ich seine Nummer wählte, ging es mir schon wieder besser.
«Rickett hier.»

«Hi, Rick, was hältst du von einer Runde Tennis?»
«Hi, Tim – gute Idee! In zehn Minuten unten im Park! Einverstanden?»
Während ich im Schrank meine Tennisschuhe suchte, fiel mir ein kleines braunes Buch in die Hände, das ich nie zuvor gesehen hatte. Es war ein altes Fotoalbum. Die Fotos waren auf dünne Metallplatten gezogen. Ich hielt das Album ans Licht: Auf dem ersten Foto waren Isabel, Gitti und Lotte abgebildet.
Mir lief ein kalter Schauder über den Rücken.

Die Tanten sind anspruchsvoll

Da saßen sie, sie starrten mich aus dem Foto heraus an und sahen aus wie echte Menschen. Ich nahm meine Brille ab, putzte sie an meinem T-Shirt, setzte sie wieder auf und sah mir das alte Foto näher an. Es waren wirklich die Tanten! Ich rannte hinunter in den Flur, wo meine Mutter gerade einen neuen Türgriff an den Einbauschrank montierte.

«Wer – wer ist das?» Erwartungsvoll sah ich sie an, als ich ihr das Foto vor die Nase hielt. Sie legte ihren Schraubenzieher hin und deutete auf die Namen, die auf die Rückseite der Platte gekritzelt waren.

«Isabel, Gitti und Lotte Wollschläger», las sie grinsend.

«Aber –», stammelte ich heiser, «waren sie wirklich einmal Menschen?»

Sie lächelte wieder.

«Ich hab ein altes Fotoalbum in meinem Lieblingströdelladen gefunden. Hat fast nichts gekostet. Dieses alte Foto hat mich auf die Idee mit den drei Tanten gebracht. Und die Namen auf der Rückseite haben so gut gepasst, ich musste sie einfach so nennen. Ich hab sogar versucht, solche Kleider zu finden. Was ist mit dir? Du guckst so komisch?»

Ich lief wieder nach oben, schloss mich ins Badezimmer ein, setzte mich auf die Klobrillc. Was für eine schreckliche Entdeckung! Ich wusste nicht viel über Gespenster, und schon gar nicht, wie man sie aus dem Haus jagt! Ich konnte die Tanten im Wandschrank verstecken, dann müsste ich sie nicht ständig ansehen – und anhören! Aber wenn sie nachts gegen die Tür pochen und versuchen würden, sich zu befreien? Drei Gespenster im Wandschrank zu wissen war noch schlimmer, als drei Gespenster auf der Couch sitzen zu haben.

Ich konnte sie verschenken – aber wer würde sie nehmen?

Oder ich konnte sie verkaufen, vielleicht an einen Kleiderladen. Meine Mutter würde mich dafür umbringen. Oder ich konnte sie auf den Müll werfen. Das wäre das Einfachste. Aber vielleicht würden sie dann zurückkommen und sich rächen. Oder sollte ich einfach ihre Füllung herausnehmen und sie Teil für Teil zerlegen? Dann wären sie weg! Aber was sollte ich tun, wenn sie anfangen würden, zu kreischen und zu heulen, wenn ich mit der Schere auf sie losging? Ich kriegte eine Gänsehaut. Das könnte ich niemals tun. Sie waren ja meine Freundinnen. Zumindest waren sie das gewesen, bis ich entdeckt hatte, dass sie die Geister von lebendigen Menschen waren.

Hatte meine Mutter vielleicht mysteriöse Kräfte, von denen ich nichts wusste? In letzter Zeit hatte sie öfter geheimnisvoll getan, sie war nervös und fahrig und scheinbar mit den Gedanken ganz woanders. Aber das konnte doch nicht sein! Oder doch?

Dann kam ich zu dem Schluss, dass ich den Tanten irgendwann mitteilen musste, was ich über sie erfahren hatte. Ganz langsam öffnete ich die Badezimmertür und schlich auf Zehenspitzen runter ins Wohnzimmer. Es war immer voll gestopft mit Zeitschriften, Büchern und Theaterrequisiten, an denen meine Mutter gerade arbeitete. Heute stand eine halbe Pagode herum, drei Treppenstufen, die nirgendwo hinführten, und auf dem Tisch lag eine Rebe Plastikweintrauben. Dazu drei ausgestopfte Gespenster, die auf der Couch saßen und fernsahen. Es war total unheimlich. Die Tanten sahen gerade «Echte Männer», ganz leise, damit meine Mutter in der Küche nichts hörte.

Alle drei wünschten mir höflich einen «Guten Abend», obwohl sie die Störung irgendwie ärgerte.

«Mein Lieber, du siehst aus wie ein Gespenst», sagte Lotte.

«Hört mal her.» Ich knallte ihnen ihr Foto vor die Nase. «Wer seid ihr und was macht ihr hier und warum geht ihr nicht dorthin zurück, wo ihr herkommt?»

Sie fanden das Foto so interessant, dass sie nicht einmal auf meinen schroffen Ton reagierten. Sie waren entzückt über ihre bemerkenswerte Ähnlichkeit mit dem Foto und schwelgten in Erinnerungen.

«Das wurde unmittelbar vor dem Brand aufgenommen», sagte Gitti.

«Ich kann mich erinnern, dass ich den Rauch roch, als wir mit dem Fotografen sprachen.»

«Welcher Brand?», fragte ich, während die Stimme mir fast im Hals stecken blieb. «Kapiert ihr es nicht? Ihr seid tot! Ihr seid alle drei tot!»

Isabel blickte zu mir auf. «Ja und?», fragte sie.

«Das bedeutet, ihr seid – Gespenster!»

«Was hast du gedacht, was wir sind? Sprechende Puppen?!», fragte Lotte kichernd.

«Ich will euch hier nicht mehr sehen», sagte ich. «Haut ab. Bitte!»

«Weshalb denn plötzlich diese Panik?», fragte Gitti.

«Ja», meinte Lotte, «was ändert sich denn schon?»

«Macht euch das nichts aus, Gespenster zu sein, tot zu sein? Ist euch das nicht unheimlich?»

«Woher sollen wir wissen, ob du nicht auch ein Gespenst bist?», entgegneten sie.

«Ich bin echt», antwortete ich.

«Ein echter Mann? Du?» Sie kicherten hinter vorgehaltenen Handschuhen.

«Ich bin nicht wie einer von diesen Typen aus der Show.

Ich meine, ich bin lebendig und ihr nicht, denn meine Mutter und ich haben euch erst kürzlich aus Strümpfen und Schaumstoffflocken zusammengebastelt. Und nur weil ihr einmal wirklich existiert habt, bedeutet das nicht, dass das immer noch so ist und … und … wie seid ihr eigentlich wieder lebendig geworden?»
Gitti schüttelte ihren Kopf. «Es ist ein Rätsel. Wir haben selbst keine Ahnung.»
«Hat – hat meine Mutter etwas damit zu tun?»
«Nicht, dass wir wüssten», sagte Lotte. «Ich dachte, du hast mitgeholfen, uns zu basteln. Vielleicht hast du magische Kräfte, Tim.»
Die drei kicherten albern.
«Bestimmt nicht.»
Ich ließ mich auf den Teppich fallen. Vielleicht hatte Lotte ja Recht – was machte es denn? Die Tanten waren die, die sie immer gewesen waren. Ich sah zu ihnen hoch.
«Aber was sollen wir tun?»
«Warum müssen wir irgendwas tun?», fragte Isabel. «Das ist eine bequeme Couch. Das Fernsehen macht uns jeden Tag mehr Spaß, und –» Sie hustete.
«Isabel will sagen», erklärte Lotte, «wir mögen dich immer lieber, Tim.»
«Du bist kein so übler Bursche, dafür dass du ein echter Mensch bist», sagte Gitti. Ich spürte, wie ich rot wurde. Es war ihr erstes Kompliment.

«Du hast ja 'nen Webfehler!», sagte ich, und alle drei mussten lachen.
«Was diesen Einkaufsbummel angeht –», begann Lotte von neuem.
«Träum weiter davon», sagte ich. «Ich werde euch nirgendwo hinbringen.»
Der einzige Mensch, mit dem ich über die Tanten sprechen könnte, war Rick.
Ich war mir sicher, er würde über das alte Foto auch mehr wissen wollen. Ich ging in das Schlafzimmer meiner Mutter und wählte seine Nummer.
«Rickett hier», antwortete er nach dem ersten Rufzeichen.
«Rick», sagte ich, «ich bin's. Ich weiß, dass du mir das mit den drei Tanten nicht glaubst, obwohl es die Wahrheit ist. Inzwischen ist die Sache noch merkwürdiger geworden. Ich habe herausgefunden, dass die Tanten –»
«Ich hab auf dem Tennisplatz eine Stunde auf dich gewartet», unterbrach mich Rick. «Wo warst du? Hast du etwa zu Hause mit deinen Puppen gespielt?»
«Auweia, sorry. Ich hab unser Spiel ganz vergessen. Aber ich habe eine Entdeckung gemacht. Mit den Tanten ist alles noch viel mysteriöser, als ich dachte. Willst du mir nicht helfen, wir –»
«Ich glaube auch, dass du Hilfe nötig hast. Aber die Hilfe, die du brauchst, findest du in eurer Hausapo-

theke. Sind's die Nerven? Ist dir übel? Was du brauchst, ist Valium oder eine Gummizelle. Hahahaha!»

«Haha», knurrte ich. «Ich hoffe, dir ist klar, dass deine Witze krank sind. Ich erzähl dir nie mehr was!»

Ich schmiss den Hörer auf die Gabel und ließ mich aufs Bett fallen. Was für ein Freund! Sicherlich hatte er nur neben dem Telefon darauf gelauert, mir eins reinwürgen zu können. Warum hatte ich ihn überhaupt angerufen?! Vielleicht drehte ich tatsächlich langsam durch. Seit ich das Foto gefunden hatte, war einfach alles anders geworden. Ich ging hinunter ins Wohnzimmer.

«Was war das mit dem Einkaufsbummel?», fragte ich.

Lotte lächelte. «Schön, dass du von selbst auf das Thema kommst. Du nimmst uns also doch zum Einkaufen mit! Nicht wahr, lieber Tim?!»

«Was ist mit euren Kleidern denn nicht in Ordnung? Ich finde, ihr seht erstklassig aus.»

«Mein lieber Junge», sagte Isabel, «es zeugt weder von Stil noch von Hygiene, Tag und Nacht, Woche für Woche die gleichen Kleider zu tragen. Wir brauchen was zum Wechseln. Wir müssen einkaufen gehen.»

«Wenn ihr andere Kleider wollt, leihe ich euch ein paar von meinen Shorts. Die mit den Papageien und die mit den Wassermelonen sind mir ohnehin zu klein. Ich gebe euch mein altes graues Sweatshirt oder den Neonbody von meiner Mutter.»

Die Tanten starrten ins Leere.

«Schaut her, ich habe genau 40 Mark», erklärte ich. Das Geschäft mit dem Rasenmähen hatte nicht gerade geboomt.
«Ein Vermögen!» Lotte atmete erleichtert auf.
«Die Zeiten haben sich geändert. 40 Mark reichen doch nicht einmal, um euch Handschuhe zu kaufen. Außerdem will ich mir ein neues Fahrrad kaufen. Ich verpulvere mein Geld nicht für Puppenkleider. Bleibt auf'm Teppich!»
«So reich du auch bist, gemeine Bemerkungen kannst du dir sparen», erwiderte Isabel streng. Sie hielt sich die Hand an den Mund, als wollte sie mir etwas Vertrauliches mitteilen.
«Wir haben heute Morgen unabsichtlich ein Telefongespräch deiner Mutter mitgehört. Wir haben erfahren, dass es mit ihrem Job Probleme gibt. Das Theater, an dem sie arbeitet, steckt offenbar in finanziellen Schwierigkeiten. Deswegen appellieren wir an dich, Tim, als betuchten Gentleman, uns in unserer Not zu helfen.»
Ich sah gar nicht ein, warum ich mein Geld für drei alte Gespenster ausgeben sollte. Dass sie reden konnten, bedeutete noch lange nicht, dass sie mich *über*reden konnten, meine Ersparnisse für sie auf den Kopf zu hauen.
«Betrachte es als Abenteuer», sagte Gitti ermutigend. «Wir kommen fast um vor Sehnsucht nach frischer Luft.»

«Oh, bitte», bettelte Lotte, «es muss ja nicht weit sein. Ein kleines Geschäft wäre völlig ausreichend. Wir wollen kein Aufsehen erregen, das weißt du doch.»
«Okay», sagte ich nachdenklich. «Ich glaube, es gibt einen alten Kleiderladen im Einkaufsviertel. Wir können es ja mal versuchen. Aber denkt daran, ich habe nur 40 Mark. Und auf meinem rostigen alten Fahrrad kann ich nur eine von euch mitnehmen. Wer will?» Eins stand fest, Gitti konnte unmöglich mitkommen, weil sie so dick war. Mein Fahrrad würde das nicht schaffen.
Erst wollte Isabel unbedingt mit, schließlich war sie die Älteste. Dann einigten die drei sich darauf, dass Lotte mich begleiten sollte, weil sie den besten Geschmack in Kleiderfragen hätte.
Isabel holte ein Stück vergilbtes Notizpapier und einen Füllfederhalter aus ihrer Handtasche und schrieb die Kleidergrößen auf. Sie murrte dabei die ganze Zeit, wie ungelenk ihre Finger seien und was für eine schöne Handschrift sie doch früher gehabt hatte.
Sobald meine Mutter aus dem Haus war, nahm ich Lotte auf die Schultern und trug sie hinaus. Ich setzte sie in den Gepäckkorb am Lenker. Ihre Beine baumelten zu beiden Seiten des Vorderrades herunter. Ihren Kopf hielt ich gerade, indem ich mich nach vorne lehnte und ihren Hut mit meinem Kinn abstützte. Nun ging es los. Wir preschten durch Pfützen und holperten durch Schlaglöcher. Lotte hatte nie zuvor auf einem Fahrrad

gesessen und konnte sich vor Aufregung kaum halten.
«Nicht so schnell – ich bekomme Stiche in der Seite», kreischte sie. Wir mussten beide lachen.
«Du liebe Güte, wie die Stadt sich verändert hat», rief sie voll Erstaunen. «Ich erkenne kaum etwas wieder.»
Ich riss das Fahrrad nach links rüber, um einem Bus auszuweichen.
«Wie bitte? Willst du damit sagen, du hast hier gelebt – in dieser Stadt?»
«Ja, was ist so sonderbar daran? Ich hatte ein reizendes kleines Haus an der Herzogstraße, und meine Cousinen lebten um die Ecke in der Kochstraße.» Sie lachte. «Hast du gedacht, Gespenster kommen von fremden und fernen Orten?»
Genau, das hatte ich gedacht. Aus reiner Neugier machte ich einen Umweg zu der Ecke Kochstraße und Herzogstraße. Eine turmhohe Front von Warenhäusern und Bürogebäuden säumte den Straßenrand.
Lotte seufzte. «Hier war einmal eine kleine Allee von Apfelbäumen, hier vorm Eingangstor. Und wo diese Bushaltestelle ist, da bin ich immer durch die Hecke geschlüpft, wenn ich Isabel und Gitti treffen wollte. Ach, ist das lange her! – Lass uns einkaufen gehen!»
Es lief mir kalt den Rücken runter, als Lotte von den Apfelbäumen und der Hecke sprach, als wären sie noch da. Es kam mir irgendwie unwirklich vor.

COLA!
KAUFT!
SUPER!

Soweit es ging, fuhr ich auf Seitenstraßen, damit ja niemand mich mit einer Puppe im Gepäckträger erwischte – vor allem Rick nicht.
Wir erreichten die Hauptstraße, ohne Aufsehen zu erregen. Hier lag ein kleines Geschäft mit einem großen Schild über der Tür:

Rosas Kleiderladen
Antiquitäten und Second-Hand-Kleider
(vornehme Fetzen zu niedrigen Preisen)

Mit einem gewagten Spurt überquerte ich die Straße. Als wir vor dem Bankgebäude neben Rosas Laden auf den Gehweg rollten, passierte das Unglück. Ein riesenhafter, rothaariger Polizist tauchte aus dem Nichts auf. Ein Blick – und er machte mir ein unmissverständliches Zeichen. Er wollte was von mir. Ich stieg vom Rad und schob es ein paar Meter, dabei versuchte ich, Lotte, so gut ich konnte, vor seinen Blicken zu schützen.

Kein guter Deal

«Es ist verboten, zu zweit auf einem Fahrrad zu fahren», sagte der Polizist. «Außerdem ist es verboten, bei Rot Ampeln zu überfahren und ein Fahrrad zu benutzen, das eher auf den Schrott gehört als in den Straßenverkehr. Sag deiner Freundin, sie soll absteigen.»

«Sie kann nicht», antwortete ich, «sie, ich, mm ... ich wollte sie eben in den Kleiderladen bringen.»

Ich zeigte auf Rosas Geschäft.

«Sie werden von diesem Fahrrad absteigen!» Der Polizist starrte wütend auf Lotte. Dann runzelte er die Stirn, wurde rot und räusperte sich.

«Junge, ich hab doch gleich gesehen, dass sie nicht echt ist.»

«War wohl ein kleiner Scherz, was?»

«Dieses Fahrrad lässt du in Zukunft zu Hause, oder ich werde es bei nächster Gelegenheit aus dem Verkehr ziehen, hast du mich verstanden?!»

Er eilte davon und prüfte dabei verstohlen, ob auch niemand gesehen oder gehört hatte, dass er mit der Puppe gesprochen hatte.

«Er dachte, ich wär echt», kreischte Lotte.

«Hast du gehört, wie er mich herumkommandieren wollte?!», fügte sie kichernd hinzu. «Der kann mich mal.»
Ich trug Lotte in Rosas Second-Hand-Laden. Es war ein düsterer Laden mit ein paar Schaufenstern, in denen altmodische Hüte und Schmuckstücke auslagen. Kleiderständer, Kleider und Mäntel füllten den ganzen Raum, man konnte sich kaum bewegen. Lotte stieß einen leisen, vergnügten Seufzer aus.
«Schsch», warnte ich sie, als die Besitzerin endlich den Telefonhörer einhängte und auf uns zukam.
«Guten Tag», sagte sie. «Was für eine tolle Schaufensterpuppe! So eine suche ich schon lange für meine Hüte. Und das neue gelbe Cocktailkleid, das gerade hereingekommen ist, wäre genau das Richtige für sie. Wie viel willst du für sie haben?»
Lotte zuckte in meinen Armen zusammen.
«Sie ist nicht zu verkaufen», sagte ich mit fester Stimme. «Ich wollte nur was einkaufen.»
«Das kann ich allerdings verstehen, dass du so eine schöne Puppe behalten willst.» Die Ladenbesitzerin lächelte. «Aber wie wär's mit einem Geschäft? Willst du sie mir vielleicht für eine Woche vermieten? Für mich ist sie gut fürs Geschäft, und ich zahle dir dafür – sagen wir – fünfzig Mark?»
«Fünfzig Mark?» Ich hielt den Atem an. «Dafür, dass sie im Schaufenster sitzt?»

Großartig! Die Tanten konnten selbst Geld verdienen, um sich Kleider zu kaufen, statt meins auszugeben.
«Abgemacht!», sagte ich. «Sie heißt Lotte.»
«In dieser Woche habe ich offenbar Glück», sagte Rosa. «Letzten Monat hätte ich fast schließen müssen, so schlecht lief der Laden. Aber dann kauften drei Männer dieses Haus – sie wollen das Kellergeschoss renovieren oder so –, und ich durfte den Laden für die halbe Miete behalten. Es geht wirklich wieder aufwärts.»
Für mich auch. Das war leicht verdientes Geld. Ich unterschrieb die Quittung für Lotte und stürzte hinaus zu meinem Fahrrad, ohne mich noch einmal umzudrehen.

«Du hast unsere Cousine vermietet?», schrie Isabel entsetzt.
«An einen Lumpenladen verkauft?», kreischte Gitti.
«Aber denkt doch an das Geld», sagte ich. «Fünfzig Mark, nur dafür, dass sie eine Woche in einem Schaufenster verbringt. Sie sieht mal was anderes – und später könnt ihr euch ja abwechseln. Außerdem», fügte ich hinzu, wobei ich meine Mutter zitierte, «lernt ihr den Wert des Geldes schätzen, wenn ihr es selbst verdient.»
«Eine Woche», stöhnte Gitti. «Was wird nur aus unserer armen Lotte?»
«Wir vermissen sie jetzt schon. Ich hätte nicht gedacht, dass du so herzlos sein kannst», sagte Isabel.

Ich – herzlos? Mir blieb die Spucke weg. Ich war mit Sicherheit die einzige Person im Raum, die überhaupt ein Herz hatte. Mein Herz war zu weich, das war das Problem. Es lief doch immer darauf hinaus, dass die Tanten ihren Willen durchsetzten. Um sie zu beruhigen, versprach ich, jeden Tag nach Lotte zu sehen.

Einige Tage später erinnerte ich mich an mein Versprechen. Auf dem Heimweg vom Tennisplatz fuhr ich noch zu Rosas Laden. Lotte saß steif auf einem antiken Stuhl im Schaufenster. Sie trug ein raffiniertes gelbes Kleid, wirkte aber etwas bedrückt. Als sie mich sah, leuchteten ihre Augen auf. Ihre Handschuhe zitterten, als wollte sie mich in den Laden winken. Ich lächelte ihr aufmunternd zu und hielt vier Finger hoch, damit sie wusste, dass sie in nur vier Tagen wieder zu Hause wäre.

«Denk an das Geld», sagte ich nur mit den Lippen, dann winkte ich zum Abschied. Ein Polizist beobachtete mich misstrauisch. Es war derselbe rothaarige Beamte, der mich zur Ordnung gerufen hatte, weil wir zu zweit Fahrrad gefahren waren. Vielleicht hielt er mich für geistesgestört, da ich meinem Spiegelbild in einem Schaufenster zuwinkte. Ich schwirrte ab, bevor er mich oder mein Fahrrad schnappen konnte.

Zu Hause erwartete mich meine Mutter schon an der Tür.

«Es ist schrecklich, Tim», sagte sie in einem dramatischen Flüsterton. «Lotte ist weg.»

«Ach, das ist schon in Ordnung», murmelte ich. «Ich weiß, wo sie steckt. Ich, äh, hab sie ein bisschen ausgeführt.»
Meine Mutter zog erstaunt die Augenbrauen hoch.

«Bist du nicht etwas zu jung, um mit älteren Damen auszugehen?»
Ich zuckte mit den Schultern und nickte. Die Gespräche mit meiner Mutter wurden immer anstrengender. Nichts war mehr so einfach wie früher.
Sie wurde allmählich misstrauisch, weil ich meine ganze Zeit allein mit den Tanten verbrachte. Ich war ihr gegenüber auch nicht ganz locker, weil ich nicht wusste, ob sie nicht vielleicht doch etwas damit zu tun hatte, dass die Tanten zum Leben erwacht waren. Eigentlich glaubte ich das nicht, aber wie sollte ich mir die Sache sonst erklären? Ich ging ins Wohnzimmer und stellte den Fernseher an, weil ich mit Isabel und Gitti sprechen wollte. Doch bevor ich ein Wort sagen konnte, hörte ich die Schritte meiner Mutter. Ich nahm eine Zeitschrift und tat so, als würde ich lesen. Es war ein Modemagazin. Das legte ich schleunigst wieder weg.
«Hast du Lotte zu Rick gebracht?», fragte meine Mutter, die im Türrahmen stehen blieb. «Vergiss nicht, sie wieder zurückzubringen!» Sie schaute sich im Wohnzimmer um.
«Es ist wirklich mehr Platz, wenn nur zwei von ihnen da sind. Vielleicht sollten wir sie alle drei wieder loswerden. Wenn wir sie verkaufen, würde das sicher ein paar Mark bringen.»
«Die Tanten verkaufen?», schrie ich. «Sie verkaufen? Niemals!»

«Du könntest das neue Fahrrad kriegen, das du dir schon so lange wünschst.»
«No way. Sie sind nicht zu verkaufen. Wenn sie gehen, gehe ich auch. Du kannst nicht –»
«Ist ja gut, ist ja gut, Tim, beruhige dich. Ich würde die alten Dinger wohl auch vermissen. Wenn sie dir wirklich mehr bedeuten als ein neues Fahrrad, dann behalte sie doch.» Sie kam zu mir und strich mir durchs Haar. «Da wir uns gerade mal sprechen … Ich finde, du hast wirklich zu viel ferngesehen in letzter Zeit. Den ganzen Tag läuft der Fernseher. Das ist nicht gesund für Körper und Seele. Es tut dir nicht gut. Du bist in letzter Zeit so verschlossen. Vielleicht sollten wir uns von der Flimmerkiste trennen. Dann würden wir auch mehr Platz gewinnen!»
Sie ging hinaus. Ich seufzte erleichtert und wandte mich den Tanten zu.
Ich hatte erwartet, sie wären dankbar, weil ich sie soeben davor gerettet hatte, aus meinem Leben zu verschwinden. Aber sie wirkten ziemlich aufgebracht.
«Kein Grund, nervös zu werden», sagte ich. «Ich werde es nie zulassen, dass sie euch verkauft.»
«Natürlich nicht», sagte Gitti. «Warum soll man uns verkaufen, wenn man Geld damit machen kann, uns an Kleiderläden zu vermieten?»
Mir fiel wieder ein, dass ich Neuigkeiten für die Tanten hatte.

«Noch so lange!», schnieften sie, nachdem ich ihnen erzählt hatte, dass ich Lotte gesehen hatte. «Wie geht es ihr?»

«Gut», sagte ich, «wirklich gut. Sie sieht nicht so aus, als wäre sie begeistert von dem Job, aber ...»

«Das heißt, du hast nicht einmal mit ihr gesprochen?», kreischte Isabel.

«Junger Mann, Gitti und ich haben uns zu Tode geängstigt. Lotte war noch nie so lange allein. Sie ist sicher völlig verängstigt und hat Heimweh. Diese hirnlosen Machenschaften können wir nicht länger mit ansehen. Wir bestehen darauf, dass du sie wieder nach Hause bringst! Und zwar auf der Stelle!»

«Unmöglich. Der Laden ist um diese Zeit geschlossen, und außerdem habe ich einen Vertrag über eine Woche unterschrieben. Ihr wollt doch neue Kleider – oder etwa nicht?»

«Tim, kein Geld der Welt ist ein solches Leiden wert. Wir müssen Lotte sofort sehen. Wenn du Lotte nicht zu uns bringen kannst, dann müssen wir zu ihr. Jetzt sofort.»

Ich sah mich schon mit den beiden Tanten auf meinem wackeligen Gepäckträger durch die Stadt radeln.

«Mein Fahrrad hält das nie und nimmer aus.»

«Wir haben die Sitzordnung schon diskutiert», sagte Isabel. «Gitti kann den Gepäckträger nehmen. Und ich werde rittlings auf deinem Lenker mitfahren. Wir können nach Mitternacht starten, wenn auf den Straßen nichts mehr los ist. Wir müssen uns einfach davon überzeugen, dass mit der armen Lotte alles in Ordnung ist.»

«Welche Gefahren könnten einer Stoffpuppe in einem Second-Hand-Laden drohen?», fragte ich. «Und außerdem, warum glaubt ihr eigentlich, dass ihr mir was vorschreiben könnt? Ihr seid nicht meine echten Tanten, und das wisst ihr genau. Warum sollte ich auf euch hören?»

Gitti sah mich zornig an. Ich verzog mich aus der Reichweite ihres Regenschirmes.

«Dann hast du Schuld, wenn Lotte irgendwas zustößt», sagte Isabel kühl. «Schließlich hast du sie ja auch dorthin gebracht.»

«Genau, ich hätte mich niemals von euch zu diesem dämlichen Einkaufstrip überreden lassen sollen. Okay, nur los. Ihr könnt euch selbst davon überzeugen, dass es Lotte ausgezeichnet geht.»

Mein Wecker riss mich um ein Uhr morgens aus dem Schlaf. Ich sah aus dem Fenster auf eine ruhige, menschenleere Straße. Im Wohnzimmer hockten Isabel und Gitti schon nervös auf der Kante der Couch, als ich angeschlichen kam. Sie hielten ihre Handtaschen umklammert.

Beide waren bewaffnet. Isabel mit ihrem Spazierstock, Gitti mit ihrem Regenschirm. Was erwarteten die ei-

gentlich. Ich trug sie nach draußen und schnallte sie vorsichtig auf mein Fahrrad.
Normalerweise fahre ich nicht mitten in der Nacht durch die Stadt – meine Mutter würde einen Panikanfall bekommen, wenn sie davon wüsste. Aber sonderbarerweise hatte ich in Begleitung der Tanten überhaupt keine Angst. Es war sogar ziemlich aufregend. Zu dieser Zeit musste ich auch nicht befürchten, dass wir gesehen wurden, während wir durch die stille Stadt zu Rosas Kleiderladen schaukelten.
Lotte sah in dem fahlen Licht der Straßenlaternen wirklich aus wie ein Gespenst. Sie stierte dumpf und hoffnungslos vor sich hin. Als sie uns sah, beugte sie sich in ihrem Sessel vor.
«Hilfe!» Ihre Stimme drang schwach durch das Schaufenster.
«Hilfe!»
«Sie wird ohnmächtig!», sagte Gitti.
«Ich wusste, dass sie in Schwierigkeiten steckt», fügte Isabel hinzu. «Ich hab's doch gesagt! Bring uns zur Tür, Tim.»
«Macht euch nicht lächerlich», sagte ich und schob das Fahrrad Richtung Ladentür. «Wir können doch nicht einbrechen.»
«Die Tür ist alt.» Gitti lehnte sich aus dem Gepäckträger, um das Schloss zu begutachten. «Isabel, kannst du mir bitte eine Haarnadel borgen?»

Ich beobachtete mit offenem Mund, wie Gitti die Haarnadel mit ihren zierlichen Handschuhhänden zurechtbog, geschickt in das Schlüsselloch steckte, schnell drehte und die Tür öffnete.
«Bingo», sagte sie.
«Wie hast du das nur gemacht?»
«Zu viel ferngesehen», erwiderte sie.
«Worauf warten wir noch?», fragte Isabel. «Stell dein Fahrrad ab und bring uns hinein.»
«Das ist verboten!», protestierte ich. «Wir kriegen Schwierigkeiten.»
«Sei nicht so stoffelig», sagte Gitti.
Also stellte ich das Fahrrad an der Ecke ab, trug die beiden in den Laden und schloss die Tür hinter mir.

Drei Männer
und eine Schaufensterpuppe

In dem fahlen Schein der Straßenlaterne sahen die Kleiderständer wie schlappe, kopflose Frauen aus, die sich im Schatten herumdrückten. Isabel und Gitti lehnten sich in meinen Armen vor.

«Lotte?», flüsterten sie. «Lotte, wir sind da.»

Ich bahnte mir den Weg zum Schaufenster. Mit einem Seufzer fiel Lotte in Ohnmacht, direkt in unsere Arme. Sie riss uns mit zu Boden. Es gab ein Durcheinander von Armen, Beinen und Erklärungsversuchen.

«Schön, dass ihr gekommen seid», rief sie, als sie wieder zu sich kam. «Bitte, ich flehe euch an, bringt mich nach Hause! Ich hab wirklich versucht, tapfer zu sein und meine Pflicht zu tun, aber ich kann nicht mehr hier bleiben. Ich hab wahnsinnige Angst, dass diese Männer mit ihren Hämmern und Spitzhacken mir etwas antun –»

«Sie hat schlecht geträumt, die Arme.» Gitti drückte sie an sich.

«Ihre Phantasie ist mit ihr durchgegangen, als sie hier ganz allein in der Dunkelheit gehockt hat», sagte Isabel.

«Nein», kreischte Lotte. «Da *sind* Männer. Sie kommen jede Nacht.»

Nachdem wir Lotte beruhigt hatten, setzten wir uns auf den Boden und hörten uns ihre Geschichte an. Nacht für Nacht, erzählte sie, kamen drei Männer durch die Eingangstür in den Laden geschlichen. Sie trugen Pickel, Schaufeln und andere Werkzeuge in den Keller. Ein Hämmern und sonstige eigenartige Geräusche von unten hatten dann Nacht für Nacht ihren Stuhl erschüttert. In der Morgendämmerung gingen die Kerle wieder fort, so leise, wie sie gekommen waren.

«Zuerst hab ich sie für Gespenster gehalten», sagte Lotte. «Ich war mir sicher, dass es in diesem Laden spukt. Aber in der zweiten Nacht sahen sie mich hier sitzen. Sie müssen gedacht haben, ich wäre echt.» Sie kicherte nervös. «Denen hab ich wohl einen Schrecken eingejagt. Einer kam mit erhobenem Hammer auf mich zu, als wolle er die Füllung aus mir herausschlagen. Dann sagte er: ‹Ist nur eine Schaufensterpuppe, Jungs›, und sie ließen mich in Ruhe.»

«Was für widerliche Eindringlinge», empörte sich Gitti. «Es sind sicher brutale Einbrecher! Unsere liebe, arme Lotte, wie hast du das nur überlebt? Nun sind wir hier, um dich zu retten.»

«Gespenster? Einbrecher?» Ich musste lachen. «Hast du das denn ganz vergessen? Rosa, die Ladenbesitzerin, sagte doch, dass die drei neuen Hauseigentümer den

Keller renovieren. Reg dich ab, Lotte. Kein Grund zur Aufregung. Lasst uns nach Hause fahren.»

«Sei kein Holzkopf», sagte Gitti. «Wenn die drei Männer die Hauseigentümer sind, warum schleichen sie dann nachts rein, um ihre Arbeit zu tun? Das sind Gauner, ist doch sonnenklar!»

«Wenn das Gauner sind», sagte ich, «was machen die denn da unten mit Hämmern und Pickeln?»

«Graben natürlich», antwortete Gitti, «nach einem Schatz. Hast du gar keine Phantasie?»

«Wie sehen sie denn aus?», fragte ich Lotte. «Wie Gauner oder wie Handwerker?»

«Sie trugen Hüte, und die Kragen hatten sie hochgeklappt. Ich konnte sie in der Dunkelheit nicht genau erkennen.»

Plötzlich fiel mir wieder etwas ein. «Erinnert ihr euch an diesen Steckbrief, von dem Rick gesprochen hat, als er bei uns war?» Meine Zähne fingen an zu klappern.

In diesem Moment hörten wir, wie in das Schloss an der Ladentür ein Schlüssel gesteckt wurde und jemand fluchte. Die Tür ging auf, und drei Schatten schlichen in den Laden.

«Die Tür war nicht abgeschlossen», murmelte jemand. «Diese Second-Hand-Rosa ist eine verdammt leichtsinnige Person. Nur gut, dass wir mit diesem Job heute Nacht endlich fertig sind. Wir schnappen uns die Beute, und niemand kriegt was spitz.»

50% AUF ALLE MÄNTEL!
KRAWATTEN 10,-
40.-
35.-
70.-
150.-
50.-

Ihre Schritte knarrten über den Boden in Richtung Kellertreppe. Wenige Minuten später hörten wir leises Hämmern.
Ich krabbelte mit wackeligen Knien unter einem Kleiderständer hervor.
«W-was sollen wir tun?», stammelte ich und sah die Tanten Rat suchend an. «Lasst uns von hier abhauen, bevor sie wieder hochkommen und uns finden. Schnell!»
«Wieso denn, Tim», flüsterte Gitti. «Ich hatte ja keine Ahnung, dass du so feige bist. Da sind drei Einbrecher im Keller, und alles, was dir einfällt, ist, den Schwanz einzuziehen und davonzurennen. Hast du denn überhaupt keinen Mumm? Was bist du nur für ein junger Mann? Kein Rückgrat!»
Ich war froh, dass sie nicht sehen konnten, wie rot ich wurde.
«Zumindest kann ich beweisen», sagte ich, «dass ich hier die einzige Person bin, die überhaupt so was wie ein Rückgrat besitzt. Ich weiß zwar nicht, was ihr noch vorhabt, aber ich gehe jetzt. Wir können hier glatt umgebracht werden!»
Der Boden knarzte unheilvoll, als ich aufstehen wollte. Ich hielt den Atem an und setzte mich wieder, ganz in die Nähe der Tanten.
«Ich sag's doch, er hat weiche Knie», meinte Gitti. «Und ich dachte, du würdest der Gefahr ins Auge blicken,

um drei Kameradinnen zu verteidigen. Wo bleibt deine Tapferkeit? Wo bleibt dein Mut? Junge, Junge, ist Ritterlichkeit für dich ein Fremdwort?!»
«Für euch ist es ja leicht, tapfer zu sein», sagte ich mit zitternder Stimme. «Wenn diese Männer hochkommen und uns finden, wen werden sie dann verfolgen? Mich natürlich! Euch können sie nichts tun. Ihr seid ja nicht lebendig! Wenn euch einer mit dem Hammer auf den Kopf haut, kriegt ihr nicht mal eine Beule. Wenn ihr mit Gewehrkugeln voll gepumpt werdet, seid ihr nach ein paar Nadelstichen wieder topfit. Ich bin hier der Einzige, der Angst haben muss. Mich können die nämlich umbringen! Ich geh jetzt.»
«Ist doch gar keine Schande, in so einer Situation Angst zu haben», sagte Isabel in liebenswürdigem Ton zu mir. «Du wärst ja nicht normal, wenn du keine Angst hättest. Lotte ist auch verängstigt, und Gitti redet nur so daher, um sich selbst Mut zu machen. Und ich fühle mich auch nicht ganz wohl. Aber wir müssen Ruhe bewahren und einen Plan machen.»
«Ich sage doch, wir hauen so schnell wie möglich ab», sagte ich.
«Willst du die Einbrecher etwa entwischen lassen?», fragte Gitti ungeduldig.
«Natürlich nicht», log ich, «aber wir sollten realistisch bleiben. Diese Typen werden unsere Schritte hören, sobald wir versuchen, die Polizei zu rufen. Das Telefon

steht ganz in der Nähe der Kellertreppe. Und wenn wir die Kerle dort unten einsperren, werden sie mit ihren Spitzhacken in kürzester Zeit die Tür durchbrechen. Und denkt dran, wenn wir die Polizei holen, müssen wir erklären, was wir um Mitternacht hier tun. Sie werden uns wegen Einbruch einsperren und uns für Komplizen von denen da unten halten. Und wenn wir flüchten», fügte ich hinzu, «müssen wir entweder Lotte zurücklassen oder Rosa morgen eine gute Erklärung für ihre Abwesenheit liefern.»

«Natürlich nehmen wir Lotte mit», sagte Isabel streng. «Wir können sie doch nicht hier zurücklassen.»

«Aber wenn wir Lotte mitnehmen», wandte ich ein, «wird Rosa morgen früh merken, dass sie fehlt, und ich bin der erste Verdächtige.»

Wir konnten auch nicht dasitzen und nichts tun – mir wurde ganz anders bei dem Gedanken, dass Rosa mich am nächsten Morgen zitternd oder tot im Laden finden würde, zusammen mit zwei ihr unbekannten Schaufensterpuppen. Die Tanten hatten Recht. Wir mussten etwas tun!

Schließlich einigten wir uns auf einen Plan. Das heißt, die Tanten einigten sich. Ich hielt es immer noch für das Beste, mich auf mein Fahrrad zu schwingen und wie die Feuerwehr nach Hause zu radeln, mit oder ohne Tanten war mir egal.

Aber nachdem es mir nicht eben Vergnügen bereitet

hatte, ein Feigling ohne Rückgrat, ohne Mumm und mit weichen Knien genannt zu werden, sagte ich: «Natürlich, ein großartiger Plan, lasst uns loslegen.»
Ihr Plan kombinierte sämtliche Ideen, die wir diskutiert hatten. Wir wollten die Morgendämmerung abwarten. Isabel würde am Telefon postiert werden, bereit, die Notruf-Nummer zu wählen.
Sie sagte, sie fände es aufregend, zur Abwechslung mal mit jemand anderem als mit mir zu sprechen. Und Gitti, die zu ihren Lebzeiten im Kirchenchor meistens die Altstimme gesungen hatte, in Notfällen sogar Tenor, wenn gar zu wenige Männer da waren, würde an der verschlossenen Kellertür Posten beziehen. Sollten die drei Männer versuchen, die Tür aufzubrechen und zu entkommen, bevor Hilfe eingetroffen war, würde sie den Typen mit ihrer tiefsten Stimme zurufen: «Lasst eure Waffen fallen! Ihr seid umstellt! Setzt einen Fuß durch diese Tür und ich blase eure Gehirne nach Shanghai!»
Lotte sollte im Schaufenster Wache halten, während ich Hilfe holte.
Wir warteten nervös, horchten auf das Hämmern. Die Zeit kroch dahin.
Während wir tatenlos dasaßen, erzählten mir die Tanten einiges über ihre Vergangenheit. Sonst sprachen sie so gut wie nie über sich selbst, aber jetzt hatte ich den Eindruck, dass sie sich verzweifelt darum bemühten, mich vom Weglaufen abzuhalten. Ich erfuhr, dass keine

der Tanten je verheiratet war. Sie waren auch nach dem Tod ihrer Eltern weiterhin in den Wohnungen ihrer Familien geblieben. Keine von ihnen hatte je einen Job gehabt – sie schienen überrascht, als ich sie danach fragte.

«Zu unserer Zeit», erklärte Isabel, «war es für Damen nicht schicklich zu arbeiten. Wir mussten uns mit den bescheidenen Einkünften begnügen, die unsere Väter uns hinterlassen hatten.»

«Aber», sagte Gitti, «wir waren nicht untalentiert.»

«Und wir hätten ein zusätzliches Einkommen gut gebrauchen können», fügte Lotte hinzu.

«Wenn wir jetzt leben würden», meinte Gitti, «würden wir ein eigenes Geschäft eröffnen. Darauf könntest du dich verlassen. Wir würden im Geld schwimmen.»

Sie erzählten mir auch von ihren Hobbys: Isabel stickte und hatte gegärtnert, bis das eine Bein ihr den Dienst versagte; Gitti sang damals im Chor und las am liebsten Grusel- und Spionagegeschichten, und Lotte flanierte gern durch die Geschäfte und ging mit ihren Verehrern ins Kino.

Ihre Gesprächigkeit nahm mir kein bisschen von meiner Nervosität. Ich hatte wirklich Bammel wie noch nie. So fühlt man sich, wenn man im Dunkeln Gespenstergeschichten hört. Es war grausig.

Je echter die Tanten mit ihrer Vergangenheit, ihren

Hobbys und allem für mich wurden, umso weniger echt fühlte ich mich selbst.

Ich konnte einfach nicht fassen, dass ich hier mitten in der Nacht auf dem Fußboden eines Kleiderladens saß und drei Einbrechern beim Hämmern zuhörte.

Um mich von der endlosen Warterei abzulenken, fragten mich die Tanten nach meinen Berufswünschen. Was sollte ich dazu sagen? Mir fiel wieder ein, was ich schon alles werden wollte: Polizist, Tennis-Profi, Computer-Crack. Aber im Moment wollte ich einfach nur ganz normal sein und sicher zu Hause im Bett liegen.

«Mein größter Traum war schon immer», murmelte Isabel, «ein Kind zu haben.»

«Wie bitte?» Isabel erschien mir viel zu alt zum Kinderkriegen. Wie würde ein Kind von ihr wohl aussehen? Ich stellte mir eine runzelige Stoffpuppe vor.

«Ich meine kein Baby», flüsterte sie ernst, «ich war nie verheiratet, mein lieber Junge! Nein, mein Traum war, zum Beispiel einen Neffen zu haben, den ich leiten und führen könnte, den ich dazu erziehen könnte, ein guter und verantwortungsvoller Bürger zu werden.» Sie hustete.

«Man könnte ja fast sagen, dass mein Traum wahr geworden ist …»

«Wie meinst du das denn?», wollte ich wissen.

«Sie spricht von dir, Tim», sagte Gitti, «kapierst du das nicht?»

«Von mir?» Es war sonderbar sich vorzustellen, dass Isabel mich als ihren Neffen betrachtete. Aber andererseits war sie für mich ja auch eine «Tante».

«Es dämmert bald», flüsterte Lotte. Der Himmel draußen vor dem Fenster schien sich schon ein wenig aufzuhellen. «Wach auf, Tim! Bring uns in Position!»

Ich hob Gitti auf und schwankte mit ihr, so leise wie möglich, über die Bodendielen. Ihre Tapferkeit war wirklich bewundernswert. Ich wollte mich jedenfalls nicht in der Nähe der Kellertür aufhalten. In der Dunkelheit rammte ich versehentlich einen Hutständer – er kippte und fiel um. Ich hielt den Atem an, wartete auf den Knall. Aber Gitti warf sich zu Boden und dämpfte den Aufprall mit ihrem dicken, weichen Bauch. Das einzige Geräusch war mein erstickter Schrei.

«Halt die Klappe», zischte Lotte. «Mach jetzt unseren Plan nicht kaputt. Heb mich auf!»

In panischer Angst schlich ich zur Kellertür und postierte sie daneben. Dann schob ich die Tür zu, ganz leise, Zentimeter für Zentimeter.

Ohne nachzusehen, ob sie auch wirklich geschlossen war, tappte ich auf Zehenspitzen zurück zu Isabel. Der Boden knarzte laut. Das wird nie klappen, dachte ich, als ich Isabel mit zitternden Händen neben das Telefon setzte. Ich drückte ihr Lottes Zigarettenspitze in die Hand, um ihr das Wählen zu erleichtern, dann schlich ich mich zurück zum Schaufenster, um dort zu warten.

Mein einziger Wunsch war, lebend aus diesem Laden herauszukommen.
«Tim!», zischte Lotte. «Das Hämmern hat aufgehört! Lauf los!»
Ich hatte mir eingebildet, ich würde immer noch ein Hämmern hören, aber dann merkte ich, dass mein Herz so laut pochte.
Ohne auf das Geräusch meiner Schritte zu achten, eilte ich zur Eingangstür und auf die Straße.
Endlich war ich sicher! Ich atmete tief durch. Alles, was ich nun zu tun hatte, war, meinen Teil des Planes zu erfüllen: Ich musste Hilfe holen und dann zurück zu dem Laden gehen und die Tanten in Sicherheit bringen.
Plötzlich kam mir der Gedanke, ich könnte auch einfach nach Hause gehen und ihnen ihre Rettung selbst überlassen. Sie waren doch so tapfer!
Ich rannte zu meinem Fahrrad. Aus einer Seitenstraße bog ein Streifenwagen um die Ecke. Der Polizist am Steuer sah mich. Nun hatte ich keine andere Wahl, als den Plan der Tanten auszuführen. Zitternd raste ich auf das Auto zu und winkte dabei wild mit den Armen. Der große rothaarige Polizist am Steuer stoppte den Wagen und stieg aus.

Der Lohn
für die Tapferkeit

«Du schon wieder», brummte der Polizist. «Langsam wundere ich mich über dich.»

«Ich bin nicht verrückt», stammelte ich. «Ehrlich! Bitte, kommen Sie schnell! Da vorne wird gerade eingebrochen und ...»

«Wie wäre es, wenn du mitkämst?», sagte er. «Steig auf der anderen Seite ein.»

Ich stieg in den Wagen. Ich fürchtete, er würde mich zum Verhör auf das Polizeirevier mitnehmen oder mich ohne viel Federlesen in eine Gummizelle stecken.

«Ich hatte eben eine kleine Runde mit dem Fahrrad gedreht», stammelte ich, als er losfuhr, «und als ich an Rosas Kleiderladen vorbeikam, bemerkte ich, dass die Tür offen stand und unheimliche hämmernde Geräusche von drinnen zu hören waren. Deshalb habe ich mich beeilt, einen Bullen zu finden, ich meine einen Polizisten –»

Ich hörte auf zu reden, da er sein Funkgerät anschaltete und seinen Standort und einige Nummern durchgab.

Er hielt vor Rosas Laden. Ein zweiter Streifenwagen stoppte neben uns.

«Warte hier», befahl mir der Polizist. «Wenn es eine Schießerei gibt, duck dich auf den Boden.»
Er und die anderen Polizisten verschwanden im Laden.
Nun galt es, keine Zeit zu verlieren. Da die Polizei da war, *musste* ich die Tanten aus dem Laden holen.
Ich hatte panische Angst, wieder reinzugehen. Schließlich konnten mich die Gangster *und* die Polizisten erwischen. Meine Hände zitterten, und meine Beine waren wie Wackelpudding.
Mir wurde auf einmal bewusst, wie hilflos die Tanten sich fühlen mussten, wenn ich nicht da war. Ich rannte in den Laden.
«Alles klar», flüsterten sie und streckten ihre Köpfe hinter den Kleiderständern hervor. Ich hob Gitti von ihrem Stuhl neben der zersplitterten Kellertür, trug sie hinaus zu meinem Fahrrad und klemmte sie auf den Gepäckträger. Dann flitzte ich zurück zu Lotte und Isabel. Ich setzte Isabel auf meine Klapperkiste, und irgendwie zurrte ich Lotte mit ihrem gelben Gürtel auf dem Lenker fest.
Mit rasender Geschwindigkeit schaukelten wir heimwärts, und dabei erzählten mir die drei atemlos japsend, wie die Polizisten in den Laden gestürmt waren, die Kellertür aufbrachen, die Treppe hinunterrasten und die Tanten nicht mal bemerkten. Bis ich sie in Sicherheit gebracht hatte, war kein Ton mehr aus dem Keller gekommen. Unser Plan hatte wohl funktioniert! Ich bog

in unsere Auffahrt ein. Plötzlich hörte ich einen lauten Knall, dann noch einen!
«In Deckung», brüllte ich, «wir werden verfolgt! Sie schießen!»
«Siehst du jetzt schon Gespenster?», sagte Gitti. «Das waren deine Fahrradreifen, die sind geplatzt.»
Ich drehte mich schnell weg, damit sie nicht sahen, wie ich rot wurde.
«Weiß ich doch», murmelte ich. «Ich wollte euch nur auf den Arm nehmen.»
Ich trug die Tanten ins Wohnzimmer und setzte sie auf die Couch. Dann schnappte ich mir ein Gingerale und die eingelegten Rote Beete aus dem Kühlschrank und rannte hinauf in mein Zimmer. Das leise Schnarchen meiner Mutter war im Flur zu hören. Mit einem riesigen Seufzer der Erleichterung ließ ich mich auf mein Bett fallen, und ohne mich auszuziehen, schlief ich ein.
Als ich aufwachte, streckte ich verschlafen die Hand aus, um den Wecker abzustellen, aber dann bemerkte ich, dass er gar nicht klingelte. Ich starrte auf die orangefarbenen Zahlen – kurz nach vier Uhr nachmittags! Die Sonne schien zum Fenster herein. Ich blickte nach draußen, ein fremdes Auto parkte in der Einfahrt. Erst glaubte ich, dass ich immer noch träumte. Dann erinnerte ich mich wieder, was in der Nacht passiert war: Kein Traum, ein Alptraum! Möglicherweise war das Auto in der Einfahrt ein ziviler Streifenwagen!

Als ich das Polizeiauto verlassen hatte, um die Tanten zu holen, war ich aus dem polizeilichen Gewahrsam entflohen! Nun hatten sie mich aufgestöbert.
Sollte ich abhauen? Aber auf einem Fahrrad mit zwei platten Reifen wäre ich nicht weit gekommen und zu Fuß auch nicht, mit meinen weichen Knien und den zitternden Beinen. Da konnte ich mich auch gleich ergeben. Außerdem hatte ich gehört, dass es im Knast gar nicht so schlecht sein sollte: Fernsehen, viel zu essen, keine Schularbeiten …
Ich brachte mein zerknittertes T-Shirt in Ordnung, setzte meine Brille auf und ging in die Küche. Rosa trank dort mit meiner Mutter Kaffee.
«Das ist der Gesuchte», sagte meine Mutter.
«Gratuliere», sagte Rosa. «Ich hab schon gehört, dass du heute Nacht mitgeholfen hast, die drei Bankräuber zu fassen. Sie hatten durch den Keller meines Ladens einen Tunnel zu der Bank nebenan gegraben. Als ich am Morgen meinen Laden aufschließen wollte, war die Polizei da und hat mir alles erzählt. Sie haben mich nach deiner Adresse gefragt. Ich vermute, die brauchen sie, damit sie dir die Belohnung auszahlen können.»
«Belohnung? Für mich? Wow! Wie viel?»
«Oh, ganz schön viel, da bin ich mir sicher», sagte Rosa, «mindestens tausend, denke ich. Vielleicht auch mehr.»
«Wow! Das ist ja irre!» Ich würde ein neues Fahrrad be-

kommen! Das reichte sogar für zwei neue Fahrräder! Ich konnte es kaum erwarten, Rick zu erzählen, dass ich die Bankräuber ganz allein gefangen hatte!

«Nur ist es merkwürdig», sagte Rosa, als sie aufstand, um zu gehen, «dass die Gauner deine Schaufensterpuppe gestohlen haben. Deshalb bin ich gekommen. Es tut mir so schrecklich Leid, Tim. Es ist das Einzige, was sie aus dem Laden mitgenommen haben – ich kann das gar nicht verstehen. Wärst du als Ersatz mit zweihundert Mark einverstanden? Ich weiß, es ist nicht viel, aber ...» Sie drückte mir zwei Geldscheine in die Hand.

Ich war in Versuchung, aber natürlich konnte ich das Geld nicht nehmen, während Lotte unversehrt im Nebenzimmer saß. Meine Mutter sah mich streng an.

«Ich finde das alles reichlich seltsam, Tim», sagte sie, nachdem Rosa gegangen war. «Du kannst mich ja berichtigen, wenn ich etwas falsch verstanden habe. Hab ich das richtig mitgekriegt: Du warst auf einer frühmorgendlichen Fahrradtour und hast ganz zufällig einen Banküberfall vereitelt?! Außerdem finde ich es reichlich merkwürdig, dass Lotte auf mysteriöse Weise in unser Wohnzimmer zurückkehrt und jetzt ein scheußliches, senffarbenes Kostüm trägt. Du hattest sie an einen Second-Hand-Laden verliehen? Was ist hier eigentlich los, mein Sohn?»

Ich biss mir auf die Lippen. Ich durfte das Geheimnis

der Tanten nicht verraten. «Wir müssen miteinander reden, Tim. Du tust in letzter Zeit immer so geheimnisvoll.»
«Es hat nichts mit dir zu tun», antwortete ich. Ich kreuzte meine Finger auf dem Rücken.
«Das weiß ich doch, dass es nichts mit mir zu tun hat. Ich hab den Eindruck, du bist nicht mehr du selbst. Schon seit zwei Wochen. Du führst dich so seltsam auf. Setz dich doch und erzähl mir, was du auf dem Herzen hast.»
«Ich kann dir alles erklären», sagte ich und schlüpfte an ihr vorbei. «Lass uns später drüber reden.» Ich lief die Treppe hoch.
In meinem Zimmer ließ ich mich auf mein Bett fallen und dachte über die Belohnung nach, die ich bekommen würde. Wie sollte ich das Geld ausgeben? Vielleicht für einen Laptop oder ein Handy? Ich würde so reich sein wie Rick! Tausend Dank den Tanten! Ich wusste genau, was ich ihnen verdankte. Ich freute mich schon darauf, Rick zu erzählen, wie ich mir die Belohnung verdient hatte – und das ganz ohne Computer! Ich hatte ja die Tanten. Wozu brauchte ich da seine ganze phantastische Ausstattung? Ich ging in das Zimmer meiner Mutter, um ihn anzurufen. Wenn ich ihm von dieser verrückten Nacht erzählte, musste er mir einfach glauben.
«Rickett hier», kam die vertraute Antwort.

«Hey, Rick! Hier ist Tim. Du wirst nicht glauben, was ich letzte Nacht erlebt hab! Ich hab zusammen mit den Tanten diese Bankräuber gejagt – und sie gefangen! Die Bullen werden mir eine dicke Belohnung dafür zahlen! Du solltest herüberkommen und dich bei den Tanten entschuldigen, weil du sie verspottet hast. Sie reden bestimmt mit dir, wenn du nur –»
«… oder hinterlassen Sie Ihre Telefonnummer nach dem Pfeifton», sagte Ricks Stimme auf dem Anrufbeantworter. Ich murmelte ein Schimpfwort.
«Ausgenommen», ging die Ansage weiter, «Sie haben drei Tanten. Dann brauchen Sie Ihre Nummer nicht zu hinterlassen, denn ich kenne sie bereits und würde Ihre Entschuldigung von Ihnen lieber persönlich hören als vom Anrufbeantworter. Aber nur, wenn Sie nicht zu sehr damit beschäftigt sind, sich mit Ihren werten Tanten die Zeit zu vertreiben. Beeeeep.»
Ich wiederholte das Schimpfwort und legte auf. Ich sollte mich bei ihm entschuldigen?! Das war wohl ein Witz! Schließlich hatte ich absolut nichts Falsches gemacht. Ich hatte nur versucht, ihm die Tanten vorzustellen, die er nicht für echt gehalten hatte. Rick hatte einfach keine Phantasie, das war sein Problem!
Im Wohnzimmer erzählte ich den Tanten von Ricks unverschämter Nachricht. «Es ist vorbei zwischen ihm und mir. Wir werden nie wieder Freunde sein.»
«Echte Freundschaft kann durch eine Nachricht aus ei-

ner Telefonmaschine weder zerstört noch gekittet werden», sagte Isabel. «Deine Vorstellung von Freundschaft kommt wohl aus dem Fernsehen?!»
«Windig und seicht», fügte Gitti hinzu.
«Ihr tut gerade so, als wüsstet ihr was über Freundschaft», murmelte ich. Meine Mutter kam herein und schaltete die Regionalnachrichten ein.
«… die ‹Banko-Brüder›, drei berüchtigte Verbrecher und Ausbrecherkönige, wurden heute Morgen von der Polizei gefasst, als sie in der Stadt erneut versuchten, einen Bankraub zu verüben!»
Man sah drei alte Männer in Trenchcoats und Gangsterhüten, die gefesselt und von Polizisten bewacht in einen Streifenwagen stiegen.

«Eduard, Bert und Ralf Banko, berüchtigt durch ihre lange kriminelle Karriere, wurden gefasst, während sie von einem benachbarten Ladengeschäft aus einen Tunnel in den Keller der Bank gruben. Ein Augenzeuge beobachtete in der Nähe des Tatortes eine Frau, die auf dem Gepäckträger eines Fahrrades saß …»
Der Nachrichtensprecher sah angestrengt auf sein Blatt Papier.
«… ja, die auf dem Gepäckträger eines Fahrrades saß. Die Polizei konnte aber keinen Zusammenhang feststellen, der auf eine Tatbeteiligung schließen ließe. Die Brüder wurden nach einem Hinweis gefasst, den ein aufmerksamer Junge der Polizei gegeben hatte.»
«Mein Tim», sagte meine Mutter stolz. Ich wurde rot und musste grinsen. Im Fernseher lief jetzt Werbung. Meine Mutter ging in die Küche, um das Abendessen vorzubereiten.
«Du bist ein echter Held, Tim, altes Haus!»
Mir fiel ein, dass ich den Tanten noch gar nichts von der Belohnung erzählt hatte.
«Das hab ich übrigens noch gar nicht erwähnt», sagte ich, wobei ich vermied, ihnen in die Augen zu sehen. «Rosa, die Ladenbesitzerin, hat gesagt, dass ich von der Polizei eine Belohnung bekomme. Ich, hm, schlage vor, dass ihr sie euch teilt. Wenn es nach mir gegangen wäre, wären die Banko-Brüder mit der Beute entkommen. Ihr wart die Helden. Ihr sollt die Belohnung haben.»

Gitti musste so lachen, dass ihre wackeligen Knie gegeneinander schlackerten.

«Wenn deine Schulkameraden sehen würden, wie du das Geld von deiner Belohnung an drei Stoffpuppen verteilst!»

«Aber ich war wirklich ein Feigling.» Ich blickte zu Boden. «Der Plan hat wegen euch funktioniert. Ich bin nur weggelaufen und hab euch dort allein gelassen.»

«Aber du bist doch nicht weggelaufen!» Lotte lächelte.

«Tapferkeit ist nur Furcht, die man von innen nach außen kehrt», fügte Isabel hinzu. «Wie ein altes Kleidungsstück. Ahäm. Du hast dir die Belohnung verdient, Tim!»

«Und wir nehmen unsere dummen Bemerkungen zurück, die wir über dich gemacht haben», sagte Lotte. «Du bist weder hirnlos noch ohne Mumm. Du warst ganz schön tapfer – dafür, dass du aus Fleisch und Blut bist.»

«Schön», sagte ich, «wenn ihr es so seht.»

Plötzlich fühlte es sich richtig gut an, den Tanten Recht zu geben.

«Sschsch», unterbrach mich Lotte, «die Nachrichten gehen weiter.»

«Hier noch eine Meldung, die soeben eingetroffen ist», fuhr der Sprecher fort. «Die Banko-Brüder sind aus dem polizeilichen Gewahrsam geflohen und wieder auf

freiem Fuß. Die Polizei meldet, dass die drei Brüder, wenige Stunden nachdem sie festgenommen worden waren, wieder entkommen sind.
Sie haben schon kurze Zeit später auf dieselbe Bank, in der sie gefasst wurden, einen Banküberfall verübt. Es gelang ihnen, einen größeren Geldbetrag zu rauben. Unbestätigten Berichten zufolge sind sie auf einem gestohlenen Motorrad geflohen, zwei Polizisten verfolgten sie. An der westlichen Stadtgrenze hat die Polizei die Spur der drei verloren, nachdem sie kurz vor einer Brücke von der Straße abgebogen waren. Die Brüder sind vermutlich bewaffnet und gelten als sehr gefährlich.»

«Ach du meine Güte», rief Isabel. «Das sind ja schreckliche Neuigkeiten! Wie können diese Gangster es wagen zu entkommen, nachdem wir diese Mühen auf uns genommen haben, um sie zu fangen?!»

«So eine Unverfrorenheit!», sagte Gitti. «Die haben Nerven! Aber was kann man von drei Gaunern anderes erwarten?!»

«Schade, dass der Nachrichtensprecher nicht mehr über ihre Flucht gesagt hat. Wir wissen zu wenig, um weiterzumachen.»

«Es ist doch nicht unsere Schuld, dass die Banko-Brüder aus dem Gefängnis entkommen sind. Wir haben nichts damit zu tun. Ich will mit diesen Typen nicht nochmal zusammentreffen.»

«Nie in meinem Leben bin ich so einem langweiligen Jungen begegnet wie dir», sagte Gitti mit einem großen, schweren Seufzer. «Was ist nur aus der Welt geworden?»
«Die Typen sind doch sicher schon längst über alle Berge», wandte ich ein. «Ihr könnt sie doch nie und nimmer fangen, schon gar nicht ohne meine Hilfe. Das könnt ihr euch abschminken. Also, lehnt euch zurück und entspannt euch. Lasst die Polizei ihren Job machen.»
Da kam mir ein schrecklicher Gedanke.
«Hey – wenn die Banko-Brüder wieder entkommen sind, kriegen wir dann doch keine Belohnung?»
«So ein Unsinn. Wir bekommen eine», beruhigte mich Gitti, «natürlich!»
Gitti war sich ihrer Sache so sicher, dass meine Stimmung wieder etwas heiterer wurde, und ich ging in die Küche zum Abendessen. Ich wusste schon genau, wie ich einen Teil der Belohnung ausgeben würde. Aber ich brauchte den Rat meiner Mutter, da ich keine blasse Ahnung hatte, welche Kleider den Tanten gefallen würden.
«Du willst wirklich das Geld von deiner Belohnung dafür verplempern, Kleider für die Tanten zu kaufen?», sagte sie erstaunt. «Tim, manchmal verstehe ich nicht, was in dir vorgeht.»
Aber sie versprach, mit mir in Rosas Second-Hand-La-

den einkaufen zu gehen. Mal sehen, was wir da fanden.

«Bevor ich morgen früh zur Arbeit muss, hab ich etwas Zeit», sagte sie. «Ich kann das Geld ja auslegen. Du gibst es mir zurück, wenn du den Scheck mit der Belohnung kriegst.»

In dieser Nacht träumte ich, ich wäre steinreich …

Der Angelausflug

Als ich am nächsten Morgen die Treppe herunterkam, war meine Mutter schon zur Arbeit gegangen. Die Tanten sahen sich gerade «Echte Männer» an. Der Moderator der Show erschien auf dem Bildschirm, lächelte und machte seine Witze.

«In unserer letzten Sendung», verkündete er, «haben uns unsere Teilnehmerinnen erzählt, dass echte Männer nicht nachtragend sind. Und unser Thema war Freundschaft! In unserer heutigen Show wollen wir herausfinden, ob Männer wirklich nie die Nerven verlieren. Heute geht's bei uns um: Tapferkeit.»

«So eine absurde Show», meinte Lotte. «Was versteht dieser dumme Moderator schon von Tapferkeit?»

«Humph», sagte Isabel. «Wir dachten, heute wäre man über solchen Unsinn schon längst hinweg. Männer und Tapferkeit! Von Tapferkeit zu Dummheit ist es nicht weit.»

«Und hier sind unsere Studiogäste», dröhnte der Moderator, «wir wollen mal sehen, ob das echte Männer sind.»

«Macht er Witze?», spottete Gitti. «Wer glaubt denn

schon, dass diese Gestalten im Fernseher echte Männer sind? Die sind höchstens zehn Zentimeter groß.»

«Das liegt doch an der Aufnahme!», sagte ich. «Wenn die Show so blöd ist, warum seht ihr sie euch dann an?»

«Wir warten auf die Nachrichten», flüsterte Lotte. «Vielleicht kommt noch mehr über die Banko-Brüder.»

«Weißt du, Tim, wir haben uns letzte Nacht über diesen Fernsehapparat unterhalten», fügte Isabel hinzu. «Wir hoffen nur, dass du nicht ins Fernsehen kommst, wenn sie dir die Belohnung überreichen. Stell dir vor, sie schrumpfen dich so lange, bis du auf den Bildschirm passt. Und zum Schluss kommst du da nicht mehr heraus. Wir würden dich sehr vermissen!»

Ich sah die Tanten ratlos an. Man wusste nie, ob sie Witze machten oder es ernst meinten.

Während ich eine Schüssel Cornflakes und aufgewärmte Lasagne aß, entschloss ich mich, doch mal bei der Polizei anzurufen und nachzufragen, wann ich den Scheck abholen konnte. Ich wählte die Nummer und erklärte der Beamtin am anderen Ende der Leitung, wer ich war.

«Tut mir Leid», sagte sie mir, «dein Name erscheint nicht in unserer Akte. Es wurde kein Belohnungsscheck ausgestellt. Du weißt ja, die Bankräuber sind wieder auf freiem Fuß. Solange sie nicht im Gefängnis sind, fürchte ich, wird es keine Belohnung geben.» Langsam legte ich den Hörer auf. Mein Appetit auf Lasagne war mir gründlich vergangen. Ich konnte mich nicht einmal dazu aufraffen, den Tanten die schlechte Nachricht mitzuteilen. Ich beschloss, mit meinem Fahrrad eine Runde zu drehen. Da fiel mir ein, dass die Reifen ja platt waren. Also schob ich mein Fahrrad in die Stadt. Keine Belohnung. Kein Scheck. Kein Geld. Kein neues Fahrrad. Ich ging zu meiner Sparkasse und hob siebzig Mark ab, hoffentlich würde das für neue Reifen ausreichen. Dann hob ich auch noch die restlichen dreiundachtzig Mark und vierzig Pfennige ab, meine letzten Ersparnisse. Da die Banko-Brüder wieder auf freiem Fuß waren, hielt ich die Sparkasse nicht für den sichersten Ort. Ich kaufte ein Paar Reifen für nur neununddreißig Mark. Auf dem Heimweg kam ich an einem Haushaltswarengeschäft vorbei, in dem eine Sparbüchse im Schaufenster stand. Sie sah aus wie ein pinkfarbener Cadillac. Ich musste an meine Mutter denken. Ewig fuhr sie schon ihr schrottreifes Auto. Ohne die Belohnung konnte ich ihr nie und nimmer ein neues Auto kaufen.

Ich ging in den Laden und kaufte die Sparbüchse. Die kostete nur zehn Mark, und ich war sicher, dass sie ihr gefallen würde. Zur Abendessenszeit war ich wieder zu Hause und verstaute mein übrig gebliebenes Geld in einem der Couchpolster. Die Tanten waren auch der Meinung, dass mein Geld bei ihnen sicherer war als auf der Sparkasse. Wie niedergeschlagen ich war, schienen sie nicht zu bemerken.

«Wie gefallen dir unsere Sommerkleider, Tim?», fragte Lotte.

Jetzt erst sah ich, dass sie andere Kleider trugen.

«Deine liebe Mutter kam heute Morgen damit an. Wir finden das so reizend und aufmerksam und großzügig von ihr. Du nicht auch?»

Erst wollte ich sagen, dass die neuen Kleider meine Idee waren. Meine Mutter war nur ins Spiel gekommen, weil die Tanten mir nie erlaubt hätten, sie aus- und anzuziehen. Aber ich hielt lieber den Mund.

Lotte trug ein altmodisches schwarzes Badekostüm mit Handschuhen und geringelten Strümpfen. Gitti hatte ein wogendes weißes Kleid an, ihr Hut war mit Bändern geschmückt. Isabel trug eine Matrosenbluse und einen Strohhut. Sie sahen ganz schön abgefahren aus.

«Die Kleider sind hinreißend, nicht wahr, Mädels?», sagte Lotte. «Deine Mutter ist so liebenswürdig!»

Nie wäre den Tanten in den Sinn gekommen, dass ich liebenswürdig und großzügig und aufmerksam sein konnte – geschweige denn taktvoll.

«Sie sind genau das Richtige für einen Angelausflug», sagte Isabel. «Hast du ein Ruderboot, Tim?»

«Wir haben uns nämlich entschlossen, angeln zu gehen», erklärte Gitti.

«Und wir wissen auch schon einen Angelplatz. Es ist

eine reizende Stelle am Fluss, ganz friedlich und schattig. Du wirst begeistert sein.»

«Ich weiß nicht, wie ihr euch das vorgestellt habt», entgegnete ich, «aber das könnt ihr euch aus dem Kopf schlagen. Ich werde euch nirgendwo mehr hinbringen. Außerdem hasse ich Fische, und ich hab auch kein Boot.»

«Du hast doch jetzt Geld. Du kannst eines kaufen», schlug Lotte vor.

«Ich hab keinen Pfennig», erwiderte ich und erklärte ihr, was los war.

«Schade –», sagte Gitti, «na ja, lass den Kopf nicht hängen. Zu viel Geld tut dir ohnehin nicht gut.»

«Richtig», antwortete ich, «ganz genau. Vielleicht ist das ja der Grund, weshalb Rick so ein verwöhnter Balg ist. Er hat zu viel Geld.»

«Du lieber Himmel», sagte Isabel. «Wie kannst du so über deinen Freund sprechen?»

«Meinen Ex-Freund, meinst du.»

«Oje, armer Tim. Du weißt wirklich nicht, was wahre Freundschaft ist.»

«Ach so, und ihr wisst es vermutlich.»

«Also, um aufs Angeln zurückzukommen», begann Lotte von neuem, «wir müssen angeln gehen. Es ist wirklich wichtig.»

«Nein bedeutet nein!», entgegnete ich.

Isabel seufzte. «Du hast nichts als diese dumme Kiste»,

– sie deutete auf den Fernseher –, «du brauchst mal wieder eine Abwechslung. Ein Angelausflug ist genau das Richtige.»
Ich nahm ein Rumoren aus der Küche zum Anlass, um den Tanten zu entkommen.
Meine Mutter putzte den Kühlschrank und hörte dazu Country-Musik. Offenbar war irgendwas nicht in Ordnung.
«Was ist los?», fragte ich. «Du bist heute aber früh von der Arbeit zurück.»
«Ich versuche gerade, mich aufzumuntern», sagte sie traurig. «Das Theater hat die Hälfte der Angestellten entlassen. Ich habe soeben meinen Job verloren.»
«O nein, das hat gerade noch gefehlt.»
Die schlechten Nachrichten häuften sich heute.
«Warte mal.» Ich holte die neue Sparbüchse.
«Die ist für dich, Mama.»
Sie nahm die Büchse aus der Tüte.
«Tim, was bist du nur für ein lieber und großzügiger Junge!» Ich musste lächeln.
«Wenn es ein echter Cadillac wäre», sagte sie, «könnten wir reinspringen und einen Ausflug nach sonst wohin machen. Ein Tag Urlaub würde uns beiden gut tun.»
«Ich hab heute von einem tollen Angelplatz gehört. Wir könnten ja angeln gehen.»
Als die Worte aus meinem Mund waren, bereute ich es schon. Ich hasste Angeln.

«Das ist eine großartige Idee! Ach, Tim, du bist klasse. Ich zieh mich gleich um, du kannst ja inzwischen das Auto packen. Jetzt geht es mir schon wieder besser.» Sie umarmte mich und drückte mich an sich.
«Pack die Tanten mit ein», sagte sie. «Dann wird es richtig nostalgisch. Hast du die neuen Kleider schon gesehen, die ich für sie ausgesucht habe?»
«Ich fand das total nett und supertoll von dir», sagte ich.
«Gefallen sie dir? Ich hab ihre alten Sachen in einer Schachtel unter die Couch gelegt. Du kannst sie ja wieder umziehen, wenn du willst. Aber die neuen Kleider passen doch perfekt zu unserem Angelausflug. Es wird ein reizendes, altmodisches Sonntagspicknick.»
Ich packte Angelruten, Netze und Klappstühle in den Kofferraum und setzte die Tanten auf den Rücksitz des Wagens. Dann machte ich nach den Angaben der Tanten eine kleine Skizze von unserem Weg. «Jetzt habt ihr euren Willen», brummte ich. «Ich hoffe, euch ist klar, dass ich das nur für meine Mutter mache.»
«Du bist ein lieber Junge», sagte Lotte überglücklich. «Angeln ist einfach eine entzückende Beschäftigung. Ich freue mich schon auf die Forellen und die Barsche und Frösche, die wir fangen werden!»
Gitti seufzte. «Seit Jahren hab ich keine frittierten Froschschenkel mehr gegessen.»
Froschschenkel? Ich schluckte.

«Wir sind noch nie in einem Automobil gefahren», sagte Lotte. «Ich kann es kaum erwarten!»

«Du meinst, es gab noch keine Autos, als ihr gelebt habt?»

«Natürlich gab es welche», antwortete Isabel. «Aber wir führten ein ehrbares Leben. Mit solchen Dingen wie Automobilen, Telefonen und Radiogeräten haben wir uns nicht abgegeben. Die arme Lotte, fürchte ich, erbte diese modernen Vorlieben von ihrer Mutter.»

«Hallo, Tim!», rief jemand von der gegenüberliegenden Straßenseite. Ricks Vater, Professor Rickett, kam mit seinem Pudel Moritz direkt auf mich zu.

«Die Puppen sehen bezaubernd aus. Insbesondere die Badeschönheit.»

Lotte wäre vor lauter Verlegenheit rot geworden, wenn sie nur gekonnt hätte.

«Wo fährst du mit ihnen hin?»

«Ach, zum Angeln», murmelte ich und sah zu Boden. Moritz schnüffelte am Auto und knurrte.

«Sag mal, Tim, interessierst du dich eigentlich für Fotografie?»

«Fotografie?» Meine Bilder wurden nie was. Weihnachten hatte ich beim Filmwechseln den Apparat kaputtgemacht und keinen neuen bekommen. Rick dagegen hatte zu seinem letzten Geburtstag eine Videokamera bekommen.

«Ich hab in meinem Sommerurlaub eine kleine Hobby-

F-
58

Forschungsstudie gemacht. Über die Geschichte unserer Stadt. Nur so zum Spaß. Und weißt du, was früher hier war, wo heute euer Haus steht?»
«Nein, was?» Ich hatte keine Ahnung, worauf er hinauswollte. Professor Rickett drückte sich immer so umständlich aus.
«Ich werde es dir erzählen. Um die Jahrhundertwende war hier ein Fotostudio. Das lag damals natürlich noch am Stadtrand.»
«Ein Fotostudio?», wiederholte ich. Ich wusste, dass die Tanten vom Rücksitz des Wagens aus aufmerksam zuhörten.
«So ist es, und zwar ein sehr ungewöhnliches Fotostudio. Ungewöhnlich, weil sein Eigentümer, ein gewisser Herr Philipp Eisenstein, einer der letzten Fotografen war, der Porträts mit der Zinn-und-Kupfer-Platten-Methode herstellte, die schon damals längst veraltet war.»
Ich schauderte, und mir fiel wieder ein, was die Tanten erzählt hatten – das Letzte, woran sie sich erinnern konnten, waren Rauchschwaden in einem Fotostudio!
«Was ist damit geschehen?»
«Es wurde durch einen Brand zerstört. Unglücklicherweise. Es hätte ein Museum über die Geschichte der Fotografie werden können.»
«Wann – wann war das?»
«Lange bevor du geboren wurdest, Tim. Ich war auch

noch nicht auf der Welt. Ungefähr vor einem halben Jahrhundert.»
Die Tanten waren an derselben Stelle wieder lebendig geworden, an der sie gestorben waren?! Wurde das Foto vielleicht gerade in dem Augenblick aufgenommen, in dem sie zu atmen aufgehört hatten? Es war unheimlich, darüber nachzudenken. Aber wenn das alte Foto damit zu tun hatte, dass die Tanten wieder lebendig geworden waren, dann hatte meine Mutter vielleicht überhaupt keine magischen Fähigkeiten. Und die Sorge wäre ich los.
«Ich habe ein paar Informationen darüber aufgestöbert – Bücher, Kameras, das Tagebuch des Fotografen –, aber Moritz und ich müssen jetzt weiter. Komm doch wieder mal vorbei und besuch Rick, wenn er zurück ist. Ich habe dich schon vermisst.»
«Zurück von woher?»
«Oh, Rick verbringt ein oder zwei Wochen in einem Profi-Tenniscamp. Ein ganz piekfeiner Ort. Seine Mutter zahlt. Also, auf Wiedersehen!»
«Heiliger Strohsack», sagte ich, als er weg war. «Habt ihr das gehört? Bedeutet das, dass ihr lebendig wurdet, weil ihr – genau an derselben Stelle – wieder erschaffen wurdet, wo ihr – na –?»
«Wir fragen uns schon lange, was es mit diesem Foto auf sich hat», sagte Lotte.
«Glaubt ihr, es ist ein magisches Foto?»

Isabel seufzte. «Ich persönlich habe nie an irgendwelchen übernatürlichen Hokuspokus geglaubt.»
Ich wollte sie gerade fragen, wie ausgerechnet sie so etwas sagen konnte, immerhin war sie doch selbst das Ergebnis irgendeines übernatürlichen Hokuspokus, aber da kam meine Mutter mit der Picknick-Kühltasche an.
«Auf zu dem Angelplatz!», rief sie und mit quietschenden Reifen fuhren wir los. Ich saß auf dem Beifahrersitz und drückte beide Daumen in der Hoffnung, dass wir nicht von der Polizei erwischt wurden, weil wir so rasten. Die Tanten trugen keine Sicherheitsgurte. Abgesehen davon, dass das Verdeck von unserem alten Cabriolet eingerostet war, gab es weder Sicherheitsgurte auf der Rückbank noch Stoßdämpfer oder Seitenspiegel. Es war von der Sorte Auto, die die Polizei besonders gerne an den Straßenrand winkt.
«Weißt du auch genau, wo wir hinfahren?», fragte meine Mutter. «Von einem Angelplatz am Stadtrand hab ich noch nie was gehört!» Sie stieg auf die Bremse und musste mit einem scharfen Schlenker einem schwarzen Lieferwagen ausweichen, der in voller Fahrt direkt vor uns aus einer Seitenstraße schoss und uns die Vorfahrt nahm.

Tiefes, schmutziges Wasser

Irgendwie konnten wir einen Zusammenstoß mit dem Lieferwagen vermeiden, aber durch das scharfe Bremsen wurden die Tanten durch das offene Dach aus dem Wagen und über die Motorhaube hinweg geschleudert.

Der Lieferwagen raste weiter. Dann hörten wir auch noch eine Polizeisirene hinter uns, die immer lauter wurde. Das hatte gerade noch gefehlt! Ich sprang aus dem Wagen, um die Tanten in Sicherheit zu bringen. Sie lagen ausgestreckt im Straßengraben, waren etwas durcheinander geschüttelt, aber, soweit ich sehen konnte, unverletzt. Ich klopfte den Dreck von ihren Kleidern und brachte sie zurück in den Wagen. Der Streifenwagen hielt mit quietschenden Bremsen hinter uns, und eine Polizistin stieg aus.

«Alles in Ordnung?»

«Alles okay», antwortete meine Mutter mit wackeliger Stimme. «Es ist nichts passiert. Aber der Fahrer dieses schwarzen Lieferwagens ist wirklich gemeingefährlich! Er hätte unserem Angelausflug fast ein Ende bereitet. Sie sollten ihn sich schnappen!»

«Ist auch bestimmt alles in Ordnung?», fragte die Polizistin. «Aus der Ferne hat es so ausgesehen, als würde jemand aus dem Auto geschleudert.» Sie schob ihre Sonnenbrille auf die Stirn und starrte auf den Rücksitz.

«Oh», sagte sie, «das sind ja Puppen. Hahaha. Ich dachte die ganze Zeit … Sagten Sie ein schwarzer Lieferwagen? Haben Sie den Fahrer gesehen? Haben Sie sich die Nummer gemerkt?» Wir schüttelten den Kopf.

«Wenn es der ist, den ich suche …», begann sie. «Wie dem auch sei, nun ist er weg, und ich muss weiter. Fahren Sie vorsichtig.» Sie stieg in ihren Wagen und raste los.

Wir warteten, bis der Streifenwagen nicht mehr zu se-

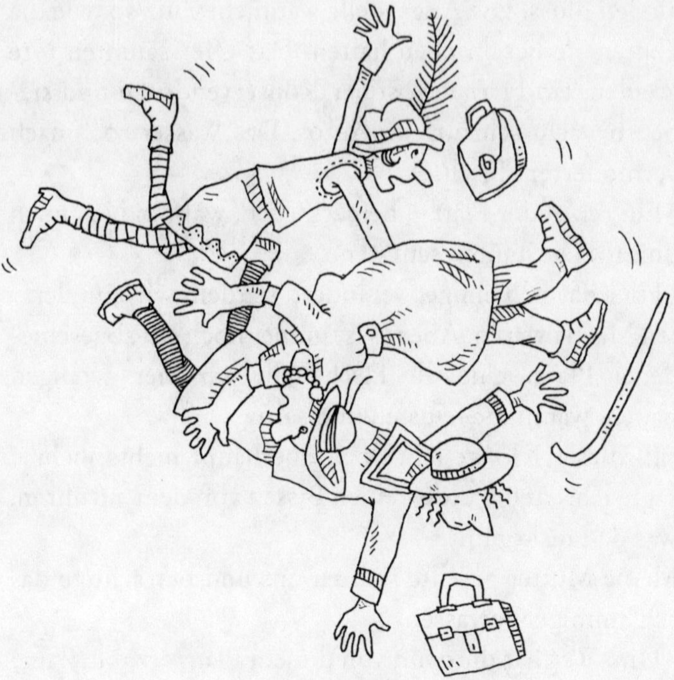

hen war, dann fuhren wir weiter, nun etwas langsamer. Am nächsten Geschäft hielten wir an, um Kekse und Köder zum Angeln zu kaufen. Fünf Minuten später erreichten wir die Stelle, die ich auf meiner Skizze markiert hatte. Wir parkten auf einem Kiesweg in der Nähe einer Brücke, und während meine Mutter die Getränke auslud, trug ich die Tanten durch das staubige Gestrüpp an den Fluss. Die Angelstelle war nicht ganz so, wie die Tanten sie beschrieben hatten. Das Ufer säumten tote Weiden, ein Haufen rostiger Konservendosen und sieben bis acht schrottreife Autos. Das Wasser roch nach vermodertem Fisch.

«Ein reizender Platz», bemerkte ich, während ich mich umsah. Die Tanten seufzten.

«Hier hat sich einiges verändert, seitdem wir zum letzten Mal da waren. Aber es ist immer noch ein abgeschiedener Platz. Und die Fische, die wir hier gefangen haben, waren die feinsten und saftigsten –»

«In dieser Kloake lebt doch überhaupt nichts mehr», sagte ich. «Ich würde keinen Bissen von dem anrühren, was da rauskommt.»

Meine Mutter gesellte sich zu uns und betrachtete das schlammige Gewässer.

«Hm. Wer hat dir denn von diesem Platz erzählt, Tim? Sieht aus, als hätte der schon bessere Zeiten gesehen. Na gut», fügte sie vergnügt hinzu, «beim Angeln ist es ja auch nicht so wichtig, was man fängt. Es ist doch vor allem das Vergnügen, im Schatten zu sitzen und so zu tun, als würde man etwas Sinnvolles tun. Und in Wirklichkeit liest man die Zeitung und entspannt sich.»

Sie klemmte sich eine Angelrute zwischen die Knie, nahm einen Keks aus der Tüte und machte es sich unter einem Baum bequem. Die Zeitung hielt sie wie einen großen Sonnenschirm über ihren Kopf.

Ich holte die drei Liegestühle für die Tanten aus dem Auto, spießte Würmer auf Angelhaken und gab jeder von ihnen eine Angelrute. Amüsiert beobachtete ich, wie die Tanten ihre Leinen mit anmutigem Schwung in den Fluss warfen. Sie hatten nicht gelogen. Sie machten das wirklich wie die Profis. Ich warf meine eigene Leine aus und ließ mich neben ihren Füßen auf die Erde plumpsen.

Die drei waren jedoch ungeduldige Anglerinnen. Sie ließen ihre Haken nie lange im Wasser, sondern warfen sie aus, holten sie ein, warfen sie wieder aus.

«Es wäre besser, wenn wir ein kleines Ruderboot hätten und ein paar große Netze», flüsterte Lotte. «Aber wir tun, was wir können.»

«Guck mal, das ist interessant, Tim», sagte meine Mutter hinter ihrer Zeitung. «Hier ist ein Foto von diesen drei Bankräubern. Die sind aus dem Gefängnis ausgebrochen und haben gleich danach wieder eine Bank ausgeraubt, dann sind sie entkommen! Ist das zu fassen?»

Ich ging zu ihr, um mir das Bild anzusehen. Es waren die drei Männer, die wir schon im Fernsehen gesehen hatten. Einer hatte dicke borstige Augenbrauen, der zweite eine schiefe Narbe in seinem Gesicht, der dritte hatte buschiges weißes Haar und trug ein Hörgerät. Alle drei sahen niederträchtig und gefährlich aus.

«Sehen die Typen nicht wie richtige Gangster aus?»,

meinte meine Mutter begeistert. «Du hast doch die Tanten so gern. Ich kann noch ein paar Onkels basteln. Was hältst du davon, wenn ich dieses Foto als Vorlage nehme?»
«Lass es bitte bleiben», sagte ich energisch.
«Großer Gott, nein!», schrie Lotte, die in ihrer Aufregung vergaß, dass meine Mutter dabei war. Ich hustete laut, um ihren Aufschrei zu vertuschen, aber meine Mutter schien nichts gehört zu haben. Da stupste mich etwas. Es war Gittis Ellenbogen.
«Einer – hat – angebissen», flüsterte sie und deutete mit einer Kopfbewegung auf ihre Angelschnur. Ich sprang auf und tauschte mit ihr die Angelrute. Sie hatte Recht; ich spürte einen starken Zug an der Schnur, dann ein Zerren, und es ruckte ein paar Mal, so, als ob ein sehr großer Fisch versuchte, sich vom Haken zu befreien.
«Heiliger Strohsack!», brüllte ich. «Das Ding ist riesig, es zieht wie verrückt.»
Ich grub meine Fersen in den Ufersand und hielt die Angel fest. Meine Mutter und die Tanten schauten interessiert zu.
«Hilfe», schrie ich. «Helft mir doch, bevor das Ding mich wegschleppt.»
Meine Mutter ließ ihre Zeitung sinken und deutete auf die Wasseroberfläche.
«Da kommt etwas aus dem Wasser», rief sie. «Sieht aus

wie eine – Hand. Irgendwie schwarz und gummiartig. Tim, ich glaube, du hast eine Wasserleiche erwischt.»

«Eine Wasserleiche?» Plötzlich hatte ich ein flaues Gefühl im Magen. Ich wollte beinahe die Angelrute fallen lassen, aber wegen dem unruhigen Zerren am Ende der Schnur packte ich instinktiv wieder zu.

«Das Ding wehrt sich nicht schlecht für eine Leiche», meinte meine Mutter nervös. «Ich helfe dir, es rauszuholen.»

Als meine Angelschnur schon zu reißen drohte, hörte das Ungetüm plötzlich auf, sich zu wehren, und wirbelte in unsere Richtung. Zwei große Flossen tauchten aus dem Wasser auf.

Etwas Schwarzes wölbte sich direkt vor unserer Nase aus den Algen, es durchschwamm das seichte Uferwasser und erhob sich vor uns in voller Lebensgröße. Dann keuchte es, schnappte nach Luft und brach direkt vor unseren Füßen im Gras zusammen. Meine Mutter zitterte vor Entsetzen. Ich ebenfalls. Dann atmete meine Mutter erleichtert auf. «Um Himmels willen, Tim. Du hast einen Froschmann gefangen!»

Ich starrte auf das Ding, das ausgestreckt zu unseren Füßen lag. Es war kein Seemonster, sondern, das sah ich nun auch, ein Taucher in einem schwarzen Taucheranzug, mit einer Maske, einem Sauerstofftank und einer Tauchlampe. Gittis Angelschnur hatte sich in seinen Sauerstoffschläuchen verheddert.

«Lebt er noch?»
«Er ist bewusstlos, aber er atmet», sagte meine Mutter. «Wir müssen Hilfe holen. Mach du Mund-zu-Mund-Beatmung. Ich laufe zur Straße und halte ein Auto an, damit ein Krankenwagen gerufen wird.»
Sie lief los in Richtung Brücke. Die Tanten beugten sich in ihren Liegestühlen neugierig vor.
«Ich hoffe, wir haben die arme Kreatur nicht erwürgt!», sagte Gitti.
Ich entfernte das Mundstück vom Gesicht des Tauchers, um ihn zu beatmen, aber zu meiner Erleichterung begann sich seine Brust von selbst auf und ab zu bewegen. Er atmete.
«Ein Froschmann? Wollte er dort unten Frösche fangen?», fragte Lotte. Gitti kicherte. «Wenn ich ihn küsse, verwandelt er sich dann in einen schönen Prinzen?»
«Was ist ein Froschmann?», fragte Isabel. «Glaubt deine Mutter wirklich, dass er zur Hälfte Frosch ist?»
«Ein Froschmann ist ein Taucher», erklärte ich. «Für manche Leute ist Tauchen ein Hobby, sie schauen sich gern an, wie es unter Wasser aussieht. Oder sie suchen etwas – zum Beispiel Schätze aus Schiffswracks. Fragt mich nicht, was dieser Typ in der verseuchten Pfütze zu tun hatte.»
«Schätze?», murmelte der Taucher und versuchte, sich aufzusetzen.
In der Ferne hörte man das Schlagen einer Autotür,

dann kam meine Mutter mit der Polizistin, der wir vorhin begegnet waren, durch das Gestrüpp auf uns zugerannt.
«Schau, wen ich auf der Brücke getroffen habe!», sagte meine Mutter. «Wie es der Zufall so will, hat sie direkt auf der anderen Seite des Flusses geparkt.»
«Pit!», rief die Polizistin, schob uns zur Seite und kniete sich neben den Taucher.
«Oh, Pit! Ich bin's, Carola. Bist du okay? Hast du irgendwas gefunden? Was ist passiert?» Sie befreite ihn von seiner Tauchermaske.
Pit öffnete seine Augen und blinzelte drei echte und drei ausgestopfte Leute an, die alle ängstlich auf ihn starrten. Er blinzelte noch einmal und schüttelte den Kopf, als wollte er einen schlechten Traum abschütteln. «Ich hab keinen Sauerstoff mehr gekriegt», murmelte er. «Irgendwo muss ich hängen geblieben sein.»
«Jetzt bist du in Sicherheit, Liebling», sagte die Polizistin. «Es war nur eine Angelschnur, Pit.» Dann küsste sie ihn schmatzend auf die Lippen. Die Tanten tauschten verstohlen Blicke aus. Gitti stupste Lotte. Und dann befreite die Polizistin den Taucher von seiner Gummikapuze.
Ich erkannte ihn sofort. Es war der rothaarige Polizist. Zum Glück war er viel zu verstört, um mich zu erkennen.

«Ein Polizeitaucher?», fragte ich. «Wonach hat er denn in dem Tümpel gesucht?»

«Das ist ein Dienstgeheimnis», sagte die Polizistin. «Ich habe dich von der gegenüberliegenden Seite des Flusses beobachtet. Was machst *du* hier eigentlich?»

«Tim, pack doch schon mal unsere Sachen ein. Die Beamtin hat gesagt, das hier ist Privatgelände. Wir durften es gar nicht betreten.»

Daraufhin sagte die Polizistin zu meiner Mutter: «Ich glaube, ich bringe meinen Kollegen besser in die Klinik. Wären Sie so freundlich, seine Beine zu nehmen, damit wir ihn zum Wagen tragen können?»

«Selbstverständlich», antwortete meine Mutter. «Mir tut das alles schrecklich Leid. Es war ein Unfall, das kann ich Ihnen versichern. Ich glaube nicht, dass bei meinem Sohn schon mal was angebissen hat.»

Meine Mutter nahm die Flossen des Tauchers, die Polizistin seine Schultern, und zusammen hievten sie ihn den Weg hinunter, um unser Auto herum und über die Brücke.

«Schade, dass er sich nicht in einen Prinzen verwandelt hat», sagte Lotte, als die beiden außer Sichtweite waren.

«Diese Leiche namens Pit war aber ein hässlicher Frosch», bemerkte Gitti. «Nur seine Beine sahen drall und saftig aus.» Sie lachte etwas verächtlich.

«Tim», sagte Isabel, «ich muss dir was sagen. Ich

fürchte, es hängt schon wieder etwas an meiner Angelschnur. Ich hoffe, es ist nicht noch eine Leiche. Aber es fühlt sich auch verdächtig groß an.»

Ich stöhnte. «Vielleicht bist du an einem Baumstrunk hängen geblieben.»

Ihre Angelschnur straffte sich fast bis zum gegenüberliegenden Ufer. «Pass auf. Du hast den Lieblingsangelhaken von meiner Mutter.» Ich nahm ihre Angelrute und zerrte mehrmals kräftig daran, aber nichts passierte. Ich fürchtete, die Angelschnur könnte reißen, dann wäre der Haken weg. Also beschloss ich, über die Brücke ans andere Ufer zu gehen und den Haken loszumachen. Meine Mutter und die Polizistin waren mit Pit beschäftigt, den sie auf dem Rücksitz des Streifenwagens gelegt hatten, und bemerkten mich nicht. Ich konnte genau sehen, wo Isabels Schnur sich verhakt hatte. An der Stelle watete ich ins Wasser. Der Gedanke an die bakterienverseuchte Kloake ließ mich erschaudern. Ich zog das Ding hoch, das am Haken hing. Es war ein triefendes Bündel in der Größe eines kleinen Koffers. Am anderen Ufer winkten die Tanten mir zu, dass ich zurückkommen sollte. Meine Mutter und die Polizistin schienen mich nicht gesehen zu haben. Umgestürzte Bäume und Müll hatten sich im Wasser zu einem Damm aufgetürmt, dahinter war der Fluss nicht sehr tief. Ich konnte hindurchwaten. Das mysteriöse Bündel schleppte ich mit. Zum Glück reichte mir das

Wasser nur bis zu den Knien, und zum Glück hatte ich meine alten Tennisschuhe an.

Ich warf das Bündel den Tanten vor die Füße.

«Ein Schatz!», kreischte Gitti. «Das ist sogar noch besser als ein Prinz! Beeil dich, verstau ihn im Kofferraum, bevor deine Mutter zurückkommt.»

«Sieht das nicht irgendwie verdächtig aus», sagte ich, «seid ihr sicher, dass wir dieses Ding mitnehmen sollen?»

Plötzlich kam mir ein Geistesblitz. «Hey! Vielleicht hat dieser Polizeitaucher danach gesucht.»

«Aber natürlich, Tim», erwiderte Lotte. «Wir müssen einfach herausfinden, was drin ist.»

«Vielleicht sind es Juwelen oder Waffen oder Drogen, wie in all den Fernsehfilmen», sagte Gitti. «Wie schrecklich aufregend!»

«Sollten wir das Bündel dann nicht lieber der Polizei übergeben?», fragte ich etwas unsicher.

«Ohne es vorher aufzumachen?», sagte Lotte. «Lieber Tim, sei kein Waschlappen.»

«Warum bist du nur immer so ein Langweiler», fügte Gitti hinzu.

«Ehrlich, mein lieber Junge, manchmal bist du fade wie abgestandenes Bier», sagte Isabel schließlich. «Deine Mutter kommt zurück. Schlaf nicht ein. Beeil dich.»

Ich nahm das matschige Bündel und verstaute es in einer Ecke des Kofferraumes. Dann legte ich die zusam-

mengeklappten Liegestühle darüber und setzte die Tanten in den Wagen.
Ich wusste nicht, ob das Bündel im Kofferraum oder der Gedanke an die Heimfahrt die Tanten so nervös machte, dass sie sich aneinander klammerten.
«Ach, gut, dass du schon fertig bist», sagte meine Mutter. «Ich denke, wir fahren jetzt besser – die Aufregung hat sich gelegt.» Sie wendete das Auto. «Wir hatten ein ziemliches Glück. Wegen Behinderung eines Polizeieinsatzes hätten die uns verhaften können – und weil wir diesen Polizisten fast umgebracht hätten. Aber wissen würde ich schon gerne, wonach die gesucht haben.» Sie schnupperte in die Luft. «Was ist das denn für ein fischiger Geruch?»
«Meine Füße», sagte ich. «Ich bin in ziemlich schmutziges Wasser getreten.»

Die Rückkehr zu dem Schlammloch

Tief in der Nacht, nachdem meine Mutter zu Bett gegangen war, holte ich das nasse Paket aus dem Auto und legte es im Wohnzimmer auf einen Stoß Zeitungen. Ich setzte die Tanten drum herum auf den Boden, damit sie besser beim Auspacken zusehen konnten.

«Ach, ich liebe so geheimnisvolle Dinge.» Gitti rieb sich die Hände. «Vielleicht ist es eine Bombe!»

«Unsinn», entgegnete Isabel, «Bomben ticken. Das ist doch keine Bombe. Mach's auf.»

«Ich weiß nicht so recht», wandte ich ein, «es gehört uns ja nicht.»

«Es gehört dem Finder», sagte Gitti. «Vielleicht ist es ja nur ein Paket voll Müll, oder es sind Drogen drin oder so was! Lass die Bombe hochgehen!»

Ich gab natürlich nach und ging eine Schere holen.

«Also, war nett, euch kennen zu lernen …»

Ich schnitt den Strick auseinander und öffnete das feuchte Bündel. Eine kleine, schmutzige Metallschachtel kam zum Vorschein. Ich zögerte. Egal, ob Juwelen, Drogen oder Waffen – was sollten wir damit anfangen?

Isabel stieß mit der Spitze ihres Schirmes gegen die Schachtel. Der Deckel sprang auf, und vor uns lagen Dutzende von Papierbündeln. Ich brauchte eine Weile, bis ich die Zahl 100 auf dem Papier bemerkte. Zuerst war ich so erstaunt, dass ich kein Wort herausbrachte, aber dann wurde ich schier verrückt.

«Wir sind reich!» Ich hielt den Atem an, griff in die Schachtel und wirbelte mit beiden Händen die Geldscheine durch die Luft. «Reich, reich, reich!» Die Scheine flatterten herum und fielen wie Schneeflocken auf uns herab.

«Nun könnt ihr euch alles kaufen, was ihr wollt. Schöne Kleider, eine neue Couch, einen größeren Fernseher. Und ich kann meiner Mutter ein neues Auto kaufen. Das braucht sie wirklich dringend, und ich wollte doch schon immer einen eigenen Computer! Und wie wär es mit einer Videokamera und einem Anrufbeantworter und einem neuen Fahrrad und …»

Isabel, Gitti und Lotte hörten mir zu, nickten, betasteten die Geldbündel und fingen an, das Geld zu zählen.

Nun sah ich mir die Bündel auch genauer an.

«Aber, wartet mal», warf ich ein, «dieses Geld gehört uns doch gar nicht wirklich.»

«Stimmt, ihr könntet wirklich ein neues Auto gebrauchen», sagte Lotte.

«Deine Mutter hat doch ihren Job verloren», warf Gitti

ein. «Wenn du dieses Geld behältst, muss sie nie wieder arbeiten.»
«Im Grunde bist du wirklich ein armer, ziemlich benachteiligter Junge», sagte Isabel. «Du hast ja nicht mal einen eigenen Computer.»
«Aber wir haben das Geld von einem Privatgelände gestohlen», sagte ich. «Wir können es nicht einfach behalten. Wir müssen den Fund der Polizei melden.»
«Bist du sicher, mein lieber Junge, dass du die Polizei informieren willst?», entgegnete Isabel. «Wer, glaubst du, hat dieses Geld dort im Fluss versteckt?»
«Lass mich mal überlegen. Ich nehme an, irgendwelche Gangster oder so … Du willst doch nicht etwa sagen», fuhr ich flüsternd fort, «du willst doch nicht etwa sagen, du glaubst, es waren –»
Lotte nickte.
«Nein – nicht die Banko-Brüder!» Ich musste schlucken. «Nicht schon wieder. Das kann doch nicht wahr sein!»
«Es würde mich sehr überraschen, wenn sie es nicht waren», sagte Isabel.
«Okay, wir wissen, dass sie der Polizei wieder entkommen sind», sagte ich, «und eine Bank überfallen haben. Die Polizei hat den Fluss beobachtet. Und an dieser Stelle fanden wir dann dieses Geld. Aber das bedeutet doch nicht, dass es ausgerechnet die Banko-Brüder dort versteckt haben. Oder etwa doch?»

«Wenn sie es getan haben», sagte Lotte, «dann wäre es nun das zweite Mal, dass du mit den Banko-Brüdern in Verbindung gebracht würdest. Du machst dich verdächtig, meinst du nicht?»
«Ja, das ist wohl so!» Ich starrte die Tanten an. «Habt ihr vielleicht schon vorher gewusst, dass dieses Geld dort im Fluss lag? Ihr wolltet nur mit mir dort angeln gehen, weil ihr gehofft habt, es zu finden?!»
«Bingo!», sagte Gitti. «Hat ja lange genug gedauert, bis der Groschen gefallen ist.»
«Aber – wie konntet ihr ahnen, dass es dort war?»
«Simple Schlussfolgerung, mein lieber Junge. Du hast gestern Abend doch auch die Nachrichten gehört. Der Sprecher sagte, dass die Banko-Brüder auf einem Motorrad entkamen und in Richtung Westen aus der Stadt flohen. Und er sagte, dass die Polizei in der Nähe einer Brücke ihre Spur verloren hat.»
«Aber es hätte doch jede andere Straße Richtung Westen sein können», entgegnete ich. «Es hätte irgendeine Brücke sein können, jede Straßenüberführung.»
«Gibt es heutzutage mehrere Straßen, die Richtung Westen aus der Stadt führen?», fragte Isabel. «Zu unserer Zeit war das noch nicht so.»
«In der Nachrichtensendung sagten sie außerdem, dass das Motorrad in der Nähe dieser Brücke von der Hauptstraße abgebogen ist und dass die Polizei das Geld nicht wieder gefunden hat», fügte Lotte hinzu. «Deshalb

dachten wir, dass das Geld im Wasser liegen müsste. In der Nähe der Brücke. Und wir hatten Recht!»

«Ich kapier immer noch nicht, wie ihr darauf gekommen seid.» Ich schüttelte den Kopf. «Es muss Glück gewesen sein. Fürchterliches Glück. Wie ich mir wünsche, dass wir nie von diesen Banko-Brüdern gehört hätten. Es ist wohl das Beste, wenn wir der Polizei sagen, dass wir das Geld gefunden haben.»

«Bist du übergeschnappt?», fragte Gitti.

«Soll das heißen, ihr wollt das Geld behalten?» Mir war nicht wohl dabei, aber in gewisser Weise, dachte ich, hatte ich mir das Geld auch verdient. Die Banko-Brüder hatten mich durch ihre Flucht um meine Belohnung betrogen. Vielleicht sollte ich einfach ein paar Hunderter abzweigen …

«Das können wir nicht tun», sagte ich. «Das ist unehrlich. Es wäre Diebstahl. Wir wären Verbrecher!»

«Du bringst dich nur in Schwierigkeiten, wenn du zur Polizei gehst», sagte Lotte. «Sie glauben dir doch nie, wenn du ihnen unsere Geschichte erzählst.»

Da hatte sie Recht.

«Also können wir das Geld weder behalten noch der Polizei übergeben», sagte ich langsam. «Was sollen wir dann tun? Isabel, du meinst doch nicht im Ernst, dass wir das Geld für uns behalten sollten, oder?»

«Gitti, Lotte und mir ist das ohnehin gleichgültig», sagte Isabel und starrte ins Leere.

«Du bist derjenige, der Geld braucht. Für uns ist Geld nutzlos.»

«Obwohl wir einen größeren Fernseher mit mehr Kanälen und ein Auto mit einem funktionierenden Dach sehr angenehm fänden», fügte Lotte hinzu.

«Es ist deine Entscheidung», sagte Gitti, «auch wenn du ein Holzkopf bist, wenn du es der Polizei meldest.»

«Ihr habt uns in diese Klemme gebracht», sagte ich, «und nun erwartet ihr von mir, dass ich uns wieder raushole.»

Ich ging in die Küche, um mir einen Imbiss zu genehmigen. Ich aß nur selten vor den Tanten. Ich fand das unpassend, da sie selbst ja nicht essen konnten. In dieser verzwickten Situation war es gar nicht so einfach, einen klaren Kopf zu behalten. Ich war einfach ehrlicher als die Tanten! Wenn ich das ganze Geld behalten würde, wäre ich reich – reicher als Rick! Aber das Geld zu behalten wäre wirklich wie Diebstahl. Doch wenn ich es der Polizei sagte, würde sie vielleicht herausbekommen, dass die Tanten in diese verrückten Abenteuer verwickelt waren. Womöglich würden die Polizisten mich zwingen, das Geheimnis der Tanten zu verraten. Und dann würden sie die Tanten einsperren. Und mich vielleicht auch.

Ich aß kalte Nudeln, einen Hotdog und etwas Rhabarberkompott.

Eins war klar, ich musste mich schnell entscheiden, bevor die Tanten mich zu etwas überredeten, was mir später Leid tun könnte. Als ich mit dem Essen fertig war, ging ich zurück ins Wohnzimmer.

«Wir haben uns das so gedacht, Tim», begann Isabel, «was wir tun könnten, ist –»

«Ich weiß, was zu tun ist», unterbrach ich sie. «Packt das Geld ein. Ich bringe es zurück zum Fluss. Es wäre besser gewesen, wir hätten es gleich dort gelassen. Keiner wird jemals erfahren, dass wir es hatten.»

«Heute Nacht?» Lotte hielt die Luft an. «Den ganzen Weg im Dunkeln? Fürchtest du dich nicht?»

«Pah! Die Dunkelheit jagt mir keine Angst ein.»

«Mein lieber Junge, wir wollen nur nicht, dass du voreilig handelst», sagte Isabel bedächtig.

«Am liebsten wäre uns, wenn du vorerst überhaupt nichts unternimmst», sagte Gitti. «Wozu die Eile? Behalte das Geld, bis unser Plan steht.»

«Es könnte doch sein, dass ich von euch und von euren Plänen langsam die Nase voll habe», entgegnete ich mit fester Stimme. «Ich kann meine eigenen Entscheidungen treffen, und das wisst ihr auch. Ich bringe das Geld zurück zum Angelplatz. Und zwar jetzt sofort.»

«Wie tapfer du nur auf einmal bist», sagte Gitti. «Findet ihr nicht, dass er tapfer ist, Mädels?»

«Na gut», sagte Isabel. «Wenn du darauf bestehst, können wir dich nicht aufhalten. Wenn du glaubst, dass du es tun *musst*, dann bring es zurück. Mitternacht ist vermutlich die sicherste Zeit. Sogar Polizisten schlafen irgendwann.»

«Du solltest nicht allein gehen», sagte Lotte besorgt. «Ich könnte bestimmt mit dem Auto deiner Mutter fahren, wenn du mir zeigst, wie man die Hebel und Kurbeln bedient.»

«Ich werde allein fahren», sagte ich finster entschlossen. «Und zwar mit meinem Fahrrad.» Ich hoffte, das würde Eindruck machen.

«Wenn du wirklich glaubst, du tust das Richtige», sagte Isabel zweifelnd, «dann packen wir inzwischen das Geld ein, während du dir eine Taschenlampe und was zum Anziehen holst.»

«Du kannst dir gerne meinen Regenschirm ausleihen», sagte Gitti. «Und Isabels Stock. Nur für alle Fälle, weißt du. Und was auch immer passiert, lass dich nicht lebend erwischen!»

«Sehr witzig», sagte ich.

Es dauerte eine Weile, bis ich meine Jacke gefunden hatte und eine Taschenlampe, die funktionierte. Ich wühlte in dem großen Wandschrank im Flur und fand schließlich meine Schuljacke, die mit meinem Namen auf dem Rücken, und eine Mickey-Mouse-Taschenlampe, die ich seit dem Kindergarten hatte. Die Schranktür klemmte immer. Der Knauf drehte sich nur, wenn man den Trick kannte.

Die Versuche meiner Mutter, das Ding zu reparieren, hatten es nur noch kaputter gemacht. Als ich wieder ins Wohnzimmer zurückkam, war das ganze Geld so verpackt, wie wir es gefunden hatten.
«Tim, weißt du eigentlich», sagte Gitti, als ich zur Tür ging, «dass du plötzlich ein ganz anderer bist. Du bist gar nicht mehr diese verängstigte kleine Kaulquappe, die wir kennen gelernt haben. Endlich zeigt sich, was wirklich in dir steckt.»
«Ja», pflichtete ihr Lotte bei, «du bist ein echter Mann. Echte Männer sind zähe und furchtlose Einzelkämpfer, die immer ehrenhaft handeln.»
Sie kicherten. Als ich ging, fingen alle drei an, laut zu lachen.
Nach solchen Erlebnissen dachte ich nicht selten darüber nach, wie es wohl wäre, die Tanten loszuwerden. Aber wie sollte ich sie loswerden, wenn ich nicht einmal wusste, woher sie kamen – und warum sie ausgerechnet in meinem Wohnzimmer lebendig geworden waren. Irgendwie war es auch toll mit ihnen, es wurde nie langweilig, und sie waren angenehmer als Haustiere – sie mussten weder gefüttert noch ausgeführt werden. Aber sie wurden täglich frecher und unverschämter.
Mir kam es so vor, als ob ich überhaupt kein Privatleben mehr hatte – nicht mal nachts ließen sie mich in Ruhe. Und dauernd brachten sie mich in Schwierigkeiten.
Der Gedanke, den Rest meines Lebens mit ihnen zu

verbringen, bis ich ein alter Mann wäre, war nicht gerade verlockend. Ich sah uns schon zu viert auf der Couch, und ich wäre der Runzeligste von allen.

Während ich die nächtliche Straße entlangradelte, dachte ich darüber nach, ob die Tanten vielleicht doch Recht hatten. Vielleicht war ich wirklich ein anderer gewesen, als wir uns kennen gelernt hatten.

Ich konnte mich kaum noch an das Leben erinnern, das ich geführt hatte, bevor sich die Tanten zu uns gesellt hatten. Reichlich langweilig musste das gewesen sein.

War ich wirklich ein wenig tapferer geworden, seitdem die Tanten da waren? Vielleicht auch ein wenig höflicher?! Im Vergleich zu ihnen, war ich auf alle Fälle verdammt ehrlich!

Die Nacht war sehr dunkel, besonders dort, wo die Straße durch den Wald führte und es keine Straßenlaternen gab. Ich hatte schreckliche Angst – kein Wunder –, aber dann stellte ich mir vor, wie sehr die Tanten von meiner Tapferkeit beeindruckt wären. In letzter Zeit hatten sie sich so herrisch aufgeführt, dass ich mich schon wunderte, wie schnell sie diesmal nachgegeben hatten. Vielleicht kapierten sie endlich, wie öde ihr Leben ohne mich wäre. Genau genommen hatten sie nicht mal ein Leben ohne mich.

Aus dem Wald war ein unheimliches Rascheln und ein geheimnisvolles Heulen zu hören.

Ich tat das alles doch nur für die Tanten, dachte ich und

trat kräftiger in die Pedale. Normalerweise hätte ich mich doch niemals in solche Gefahr begeben.
Schließlich erreichte ich den Fluss und überquerte die Brücke zu dem Ufer, an dem ich das Paket gefunden hatte. Ein lautes Quaken tönte aus dem Gestrüpp. Das musste ein Monsterfrosch sein. Frösche finde ich eklig! Sie sind so schwabbelig und glitschig, und bei dem Gedanken, mir würden Frösche aus dem Gras entgegenspringen, wurde mir ganz anders.
Ich lehnte mein Fahrrad gegen einen Baum, nahm das Bündel und ging vorsichtig in Richtung Fluss. Mit meiner Taschenlampe leuchtete ich auf den Boden vor meinen Füßen, weil ich nicht auf irgendwelches Getier treten wollte.
Ich war so damit beschäftigt, auf meine Füße zu achten, dass ich fast gegen ein Auto gerannt wäre! Ich warf mich in die Büsche und betete darum, dass niemand mich gehört hatte. Ins Gras geduckt, verharrte ich. Mein Herz pochte. Ich wartete und wartete. Nichts passierte. Ich riskierte es, die Taschenlampe kurz aufleuchten zu lassen. In dem Auto konnte ich niemanden erkennen. Was ich sehen konnte, war eine blaue Lampe auf dem Autodach. Ein Streifenwagen! Der Fluss wurde nach wie vor bewacht.
Überall um mich herum war das Quaken der Frösche zu hören. Ich konnte zwei verschiedene Froschstimmen ausmachen. Die eine ging *Kroooaak – rib rib rib ribbet*

snork, die andere *Aaaaaaah-kroak! Aaaaaaah-kroak!* Wirklich unheimliche Frösche …

Vielleicht waren es Mutationen – wegen des Drecks im Wasser! Aber je genauer ich hinhorchte, desto sicherer war ich, dass die Froschstimmen aus dem Inneren des Wagens kamen. Monsterfrösche in einem Polizeiauto?

Ich richtete mich langsam auf und spähte angestrengt durch das Fenster.

Ich erkannte zwei schlafende Polizisten, die schnarchten, was das Zeug hielt! *Aaaaaaah-kroak! Rib rib rib ribbet snork!* Mit meinem nassen Bündel kroch ich weiter in Richtung Flussufer, dabei musste ich mir auf die Lippen beißen, um mein Lachen zu unterdrücken.

«Bleib, wo du bist!», brummte plötzlich jemand hinter mir.

Die Tanten hecken was aus

Vor Schreck blieb ich wie angewurzelt stehen und zitterte so sehr, dass ich das Paket fallen ließ. Dumpf schlug es auf den Boden auf.

«Das war's, Kleiner, lass das liegen und verschwinde», brummte die Stimme. «Und dreh dich nicht um, dann passiert dir nichts.»

Irgendwas war hier nicht in Ordnung. Im Fernsehen redeten Polizisten immer ganz anders. Aber wenn das hier kein Polizist war, wer war es dann?

Ich drehte den Kopf ein ganz klein wenig. Hinter mir stand eine einzige Person, ein Mann, der den Mantelkragen hochgeklappt und den Hut tief ins Gesicht gezogen hatte.

«Zieh Leine und steck deine Nase nicht in die Angelegenheiten anderer Leute!», schnarrte er. Die eine Hand hatte er in seiner Tasche vergraben. Hatte er eine Pistole? War das ein Polizist in Zivil oder –

«Du bist ja noch ein Kind. Wie heißt du, Kleiner?»

«Ich bin, äh – Pit», sagte ich. «Pit, äh – Taucher. Wer sind Sie?»

Ich hatte keine Antwort erwartet, aber er sagte:
«Ich heiße Banko. Du kannst ruhig Eddy zu mir sagen.»
Meine Zähne begannen zu klappern. Die Tanten hatten Recht gehabt!
«Schon mal von mir gehört?», fragte er.
«Nein … n-nie.» Wenn er begriff, dass er mir seine letzte Verhaftung zu verdanken hatte, würde er mich bestimmt mit dem Kopf voraus in den Fluss werfen.
«Ja, ja, man wird alt. Ich war mal berühmt – jedes Kind kannte den Namen Banko.»
Dann schlug er einen geschäftsmäßigen Ton an. «Jetzt gib mir das Paket, Kleiner.»
War ich etwa so verrückt zu glauben, ich müsste mit meiner Tapferkeit drei ausgestopfte Puppen beeindrucken? Warum hatten die Tanten mich einfach allein hierher kommen lassen? Sie hätten doch ahnen können, wie gefährlich das werden konnte. Warum hatten sie mich nicht gewarnt?! Die Tanten hätten natürlich längst einen neuen Plan. Nie und nimmer würden sie einem der Banko-Brüder das Geld überlassen. Ich machte einen Schritt auf das Bündel zu und stellte einen Fuß darauf.
«Es ist nicht Ihr Geld», sagte ich zitternd. «Ich geb es Ihnen nicht.»
«Ach, dann weißt du, dass Geld drin ist?», schnarrte er mit grimmiger Gangsterstimme.

Ich hätte mich ohrfeigen können.
«So ist es», antwortete ich nervös. «Was würden Sie denn sagen, wenn ich die Polizei rufen würde?»
Eddy Banko schenkte dem Streifenwagen keinen Blick.
«Kleiner, wenn du die Polizei rufen wolltest, dann hättest du das längst getan. Außerdem hast du das Paket ja schon aufgemacht. Deine Fingerabdrücke sind auf den Scheinen, oder? Nein, nein, du holst bestimmt nicht die Polizei.»
Ich ließ den Kopf hängen.
«Sieh mal, Kleiner», sagte Eddy Banko, «ich bin dir doch etwas schuldig, nicht wahr? Du hast mich vor einigem Ärger bewahrt. Wegen dir muss ich nicht mehr in diesem schlammigen Fluss nach der Kohle herumfischen. Wie viel willst du denn?»
Er zog ein Taschenmesser aus seiner Manteltasche, kniete sich hin und wollte das Paket aufschlitzen.
«Nein, nein», sagte ich schnell. «Ich will überhaupt nichts!»
«Warum nicht? Ist doch genug da», sagte er. «Und du hast es dir verdient. Wie hast du's überhaupt gefunden? Ich dachte, nur die Polizei ist hinter mir her. Für einen Jungen in deinem Alter ist das nicht eben die passende Tageszeit», fügte er hinzu. «Was willst du denn später mal werden? Polizist oder Gangster?»
«Weder noch.»

«Sieh mal, ich geb dir was ab, Kleiner.» Er rückte näher und flüsterte mir vertraulich ins Ohr: «Dieses Geld kommt aus einer Bank!»

Entweder ich träumte, oder ich saß in einem schlechten Film mit billigen Witzen. Doch hatte ich viel zu viel Angst, um zu lachen.

«Ja, ja», sagte er, «das sind die sauer verdienten Ersparnisse eines ganzen Lebens, die hier vor dir liegen.»

«W-wirklich?» Ich wollte möglichst unschuldig klingen.

«So ist es. Ich habe jahrelang hart dafür gearbeitet. Verstehst du, Kleiner, ich und meine beiden Brüder, wir haben kürzlich einen Deal mit der Bank gemacht.»

«Was?»

«Wir haben ein bisschen Geld geholt, verstehst du. Und ich hab mir dabei Ärger eingehandelt.»

«Ärger?», wiederholte ich mit schwacher Stimme.

«Genau. Ich hab sozusagen mein Konto ein bisschen überzogen. Du weißt ja, wie diese Banken sind. Ich hätte so was wie einen Überziehungsschutz gebraucht. Aber auch wenn man Banko heißt, kennt man sich nicht immer so genau mit den Banken aus. So oft, wie die ihre Geschäftsbedingungen ändern, da kommt ein alter Mann einfach nicht mehr mit.»

Sollte das jetzt witzig sein? Dieser Eddy sah nicht gerade wie ein Komiker aus.

«Also, wir hatten gerade das Geld geholt, da gab es ein

kleines Problem. Wir waren wohl einfach zu früh da. Die Bank hatte wohl noch nicht geöffnet. Jeder macht mal einen Fehler oder – wie sagt man: Der frühe Vogel fängt den Wurm, nicht? Also, Kleiner, wurden wir eben geschnappt. Ich meine, wir wurden verhaftet und eingelocht. Wir fanden das einfach unfair, und deswegen sind wir in einem unbeobachteten Moment abgehauen. Die Bank war inzwischen offen, also gingen wir wieder hin und holten uns unser Geld. Dann haben wir uns ein Motorrad geliehen und sind abgehauen.»

Eigentlich wollte ich ihm unter die Nase reiben, dass er ein Dieb war, aber ich hatte keine Lust, im Fluss zu enden. «Ja, ich hab's im Fernsehen gesehen», sagte ich.

Eddy kam einen Schritt näher. «Du hast doch gesagt, du hast noch nie etwas von mir gehört, Kleiner.»

«Äh, ich – ich habe Ihren Namen nie gehört», stammelte ich. «Es war n-nur eine Kurzmeldung, nachdem sie gesagt hatten, dass ich der umsichtige Junge …» Ich biss mir kräftig auf die Zunge. «Was war dann?», fragte ich kleinlaut.

«Irgendein durchgedrehter Polizist, der gerade dienstfrei hatte, hat wohl gedacht, wir fahren zu schnell, und hat uns bis vor die Stadt verfolgt. Na, ich werd wohl alt. Diese Verfolgungsjagden sind einfach nicht mehr das, was sie mal waren. Es war sogar ausgesprochen gefährlich. Ich fuhr, mein kleiner Bruder Ralf saß hinter mir und mein großer Bruder Bert hockte mit der Beute im Beiwagen. Irgendwie rutschte ich aus der Kurve, keine Ahnung, wie das passieren konnte. Das war dort bei der Brücke, und wir landeten – plitsch – hier im Fluss.»

«Und was war mit dem Motorrad?», fragte ich.

«Schrottreif», sagte Eddy. «Dafür haben wir jetzt Black Betty, wirklich ein phantastisches Auto. Wir haben es uns leihweise von jemandem besorgt, den wir noch nicht kennen lernen konnten. Schönes Auto.»

«Und die Polizei?»

Eddy gluckste vergnügt in sich hinein. «Haben wir abgehängt. Als die mitkriegten, dass wir abgebogen sind, waren wir schon wieder aus dem Wasser und beobachteten sie vom Gebüsch aus. Nur das Geld konnten wir nicht mehr finden, und diese verrückten Polizisten haben die Stelle hier zwei Nächte lang ununterbrochen bewacht. Die sollten eigentlich was Besseres zu tun haben, als sich über drei alte Kerle aufzuregen, die in der Bank mal buh gesagt haben. Also, war nett von dir, Kleiner. Bin dir wirklich sehr dankbar für diese Gefälligkeit.» Er bückte sich nach dem Bündel.

«Moment mal!», sagte ich. «Was wollen Sie denn mit dem vielen Geld?»

«Oh, kleine Operation», flüsterte er und klopfte sich auf die Brust.

«So viel Geld für eine Operation? Ich dachte, die Krankenkasse bezahlt Operationen?»

«Sagen wir mal, es ist für meine arme, kranke Mutter. Wir haben das Geld geholt, damit sie eine Bypass-Operation bekommen kann. Herzkrankheiten liegen bei uns in der Familie. Verstehst du, Kleiner, dieses Geld entscheidet über Leben und Tod. Also, mach mir keinen Ärger.»
Sollte ich ihm das Geld überlassen? Würde seine Mutter sonst sterben?
So alt, wie er war, konnte da seine Mutter überhaupt noch am Leben sein? Er hatte ein Messer bei sich, vielleicht sogar eine Pistole. Aber was würden die Tanten sagen, wenn ich ihnen erzählte, dass ich ihm das Geld einfach gegeben hätte?

«Das ist gelogen», sagte ich. «Sie können mir nichts vormachen. Sie sind nichts als ein verlogener Bankräuber!»
Ich gab dem Bündel einen kräftigen Fußtritt, hörte ein leises Platschen und einen lauten Fluch. Als ich in Richtung Streifenwagen zurückrannte, wurde das Licht im Auto angeschaltet, und ich sah, wie Pit und Carola sich aufsetzten und sich die Augen rieben. Ich schnappte mein Fahrrad und radelte heim, so schnell, dass ich locker olympisches Gold gewonnen hätte. Die Sonne ging auf, als ich ins Haus schlüpfte. Meine Mutter machte Frühstück und klapperte mit Töpfen und Pfannen. Ein brenzliger Buttergeruch drang aus der Küche. Auf Zehenspitzen schlich ich ins Wohnzimmer. Die Tanten schienen erleichtert, dass ich wieder da war, und ich erzählte ihnen alles.
«Die Polizei und die Banko-Brüder?» Sie starrten mich erstaunt an. «Lieber Junge, wir hätten dich nie gehen lassen sollen!»
«Er tauchte aus dem Nichts auf», schloss ich. «Ich konnte einfach nicht verhindern, dass ich gesehen wurde.»
«Siehst du, wir hatten Recht», sagte Gitti. «Du solltest auf uns hören. Bei den Banko-Brüdern wäre das Geld verloren, das sind niederträchtige, brutale Ganoven. Hat der wirklich gedacht, du würdest diese Storys von Bankirrtümern und Herzoperationen glauben?»

«Gott sei Dank, dass Herr Banko dieses Paket nicht gekriegt hat, das ist das Wichtigste», sagte Isabel. «Und natürlich sind wir froh, dass du heil zurückgekommen bist.» Gitti und Lotte nickten. Alle drei Tanten wirkten etwas nervös.
«Was ist denn los?», fragte ich.
«Oh, nichts, nichts.»
«Worüber habt ihr geredet, als ich weg war?»
«Über nichts, überhaupt nichts. Wir haben nur gewartet», sagte Gitti.
«Bin ich froh, dass ich das Geld zurückgebracht habe», sagte ich. «Ihr werdet jetzt einsehen, dass es das Beste war, was wir tun konnten.»
Die Tanten waren zu stolz, um sich zu entschuldigen. Sie konnten nicht zugeben, dass ich Recht gehabt hatte.
«Ich will nicht nochmal mit der Polizei zu tun haben», sagte ich. «Einmal reicht.»
«Polizisten sind Hohlköpfe, wenn es darum geht, Gauner zu erwischen. Wir fangen die Banko-Brüder noch eher als die», sagte Gitti.
«Ha!», sagte ich. «Ihr könnt doch nicht einmal laufen.»
«Was hat das damit zu tun? Warum sollten wir den Banko-Brüdern nachlaufen. Geld ist der Schlüssel zu ihrem Herzen. Sie müssen in eine Falle gelockt werden, nicht gejagt.» Lotte und Isabel nickten eifrig.

Ich war froh, dass ich zu Hause war. Nie mehr in meinem Leben wollte ich mich mit Gaunern oder Polizisten einlassen.
«Mir reicht's», sagte ich. Mein Magen war leer und mein Kopf schwirrte. Ich hatte seit vielen Stunden weder gegessen noch geschlafen.
«Lieber Junge, wir hätten dich schon längst in unsere Pläne eingeweiht, aber wir wollten dich nicht unnötig beunruhigen.»
Ich starrte sie an. «Was geht hier eigentlich vor?»
«Oh – dann weißt du es noch gar nicht», meinte Lotte erleichtert.
«Was verheimlicht ihr mir?», fragte ich. «Als ich weg war, habt ihr hinter meinem Rücken Pläne geschmiedet, nicht wahr?»
Gitti grinste. «Das nächste Mal kannst du dich darauf verlassen, dass wir es vor deinem Rücken tun.»
«Was ist los?», fragte ich forschend. «Ihr dürft keine Geheimnisse vor mir haben. Ich habe euch gemacht.»
«Verzeihung», sagte Isabel in einem etwas pikierten Ton, «glaubst du etwa, bloß weil du uns gemacht hast, können wir keine eigenen Ideen haben?»
«Okay, ich weiß, dass ich euch nicht wirklich gemacht habe. Aber ihr dürft mir trotzdem nichts verschweigen. Das ist nicht fair.»
«Nur ein kleiner Plan», sagte Gitti. «Wir hätten dir

längst davon erzählt, aber du bist so ein nervöses Sensibelchen.»
Nachdem ich ganz allein in der Dunkelheit zum Fluss gefahren war und Eddy Banko überlistet hatte, hielten die Tanten mich immer noch für einen Feigling! Ich starrte sie wütend an.
«Ich bin kein Sensibelchen.»
«Aber du wirst ganz grün, wenn du dir nur so etwas Harmloses vorstellst wie – Froschschenkel zum Beispiel.» Gitti kicherte.
Ich wollte ihr gerade die Meinung sagen, da rief meine Mutter aus der Küche nach mir: «Tim? Bist du wach? Ich hab eine echte Überraschung zum Frühstück. Hab ich auf dem Markt besorgt, weil wir gestern nichts gefangen haben.»
Fisch? Zum Frühstück? Mir verging der Appetit.
«Gourmet-Froschschenkel!», verkündete meine Mutter triumphierend. Mein Magen schnürte sich zusammen.
«Ich glaube, ich lass das Frühstück heute Morgen ausfallen», antwortete ich. «Ich mach noch ein kleines Nickerchen.»
«Ein Nickerchen? Du bist doch eben erst aufgestanden.» Meine Mutter murmelte, da sei doch etwas im Busch, wenn ein gesunder Junge an dem einen Tag bis um vier Uhr nachmittags schläft und am nächsten Tag um sieben Uhr morgens ein kleines Nickerchen

braucht. Da musste ich ihr Recht geben. Es war etwas im Busch. Aber was? Ich ging wieder zu den Tanten.
«Irgendwas von dem Geld oder von den Banko-Brüdern habt ihr mir nicht erzählt, stimmt's? Ihr könnt mich nicht zum Narren halten.»
«Du bist wohl etwas schwer von Begriff, wir haben dich soeben zum Narren gehalten, sonst hättest du diese Bemerkung nicht gemacht.»
Ich war zu müde für eine Antwort.
«Schlaf ein bisschen, lieber Junge», sagte Isabel. «Wir werden dir alles erzählen, sobald du dich ausgeruht hast.»
«Du siehst wirklich aus, als würdest du gleich den Löffel abgeben», fügte Gitti hinzu, und alle drei kicherten. Manchmal waren Isabel, Gitti und Lotte wirklich zum Ausrasten.
Ich war so müde, dass ich kaum einschlafen konnte, aber als ich endlich schlief, hatte ich einen sonderbaren und sehr realistischen Traum. Wir waren wieder am Angelplatz. Das Wasser war klar wie in einem Aquarium. Ich konnte bis auf den Grund sehen. Im Wasser schwammen drei Meerjungfrauen, die aussahen wie die drei Tanten. Sie planschten und schwammen auf und ab und fanden es ganz aufregend, dass sie sich ohne fremde Hilfe bewegen konnten. Sie hatten lange schuppige Fischschwänze und trugen nur die Oberteile ihrer neuen Kleider. Mit ihren Haarnetzen fisch-

ten sie nach Fröschen. Die Banko-Brüder waren auch da, zumindest teilweise: drei Paar Banko-Beine tanzten mit grün gestreiften Hosen bekleidet am Ufer entlang.

Sie führten alle möglichen Tanzschritte und Froschsprünge vor. Ein Fotograf schob eine altmodische Filmkamera herum und wollte die Tanten filmen.

«Bleibt in dieser Pose!», schrie er mit einem seltsamen Akzent. «Ich will euch für die Ewigkeit konservieren!»

«Wo bist du, mein Junge?», rief er und sah sich nach mir um.

Ich stand genau neben ihm. «Irgendwie kann ich dich nicht ins Bild kriegen. Wo bist du, mein Junge?»

«Hier», sagte ich.

«Ich kann dich nicht sehen. Kannst du nicht etwas festere Gestalt annehmen?»

«Bin viel zu müde», murmelte ich.

Ich legte mich ans Ufer und versuchte einzuschlafen, aber die drei runzeligen Meerjungfrauen erhoben sich aus dem Wasser und sangen ein Lied, das etwa so ging:

Bum bum bum – der Typ ist so dumm
Da stinkt was verdächtig, wir hoffen nur mächtig
Er wär ein klein wenig schlauer.

Husch husch husch – da lauert's im Busch
Wenn die Banditchen gefangen im Kittchen
Sind wir auch viel weniger sauer.

Hopp hopp hopp – los im Galopp
Es wird ihm gelingen, er wird sie bezwingen
Wär er nur ein klein wenig schlauer!

Sogar in meinen Träumen waren die Tanten fies. Ich knurrte was Gemeines, aber wie üblich hörten sie mir nicht einmal zu.

Das Ende einer kurzen Freundschaft

Ich wachte kurz nach Mittag auf. Auf dem Küchentisch lagen Schokoladenkekse, ein Sandwich und ein Zettel:

Lieber Tim,
ich wollte dich nicht wecken. Als ich heute Mittag nach dir sah, hast du in einer Lautstärke geschnarcht, die Tote aufwecken könnte. Ich gehe jetzt auf Jobsuche und bin bis fünf zurück.
Liebe Grüße
Mama

Ich vertilgte das Sandwich, neun bis zehn Kekse und ging ins Wohnzimmer.
«Da ist er ja endlich», sagte Gitti. «Setz dich, dann erzählen wir dir alles.»
«Was alles?», fragte ich.
«Wir haben dir doch versprochen, dass wir dir unser Geheimnis anvertrauen, wenn du wieder wach bist.»
«Wie bitte? Soll das heißen, ihr habt herausgefunden, weshalb ihr lebendig seid?»

«Nein, das doch nicht», sagte Gitti. «Wir haben uns entschlossen, dir den geheimen Plan zu enthüllen, den wir dir vorenthalten hatten.»
«Ach so.» Ich gähnte. «Okay, dann mal los!» Ich wollte nicht so eifrig wirken.
«Also –», Isabel gab einen seltsam erstickten Ton von sich, so, als wollte sie sich räuspern.
«Tim, wir müssen dir leider sagen, dass du das Geld nicht zum Fluss zurückgebracht hast.»
«Natürlich habe ich es zurückgebracht. Ich hab es ins Wasser gekickt, ehe Eddy Banko danach grapschen konnte.»
«Also, eigentlich –», stammelte Isabel, «in Wirklichkeit … wir … also –»
«Isabel möchte damit sagen», unterbrach Gitti, «dass wir, während du deine Jacke geholt hast, das Geld durch einen Packen Zeitschriften ersetzt haben, bevor wir die Blechschachtel wieder eingewickelt haben. Das Gewicht stimmte zwar nicht ganz, aber wir mussten uns einfach schnell für einen Ersatz entscheiden, den hier im Haus niemand vermissen würde.»
«Wie bitte? Ihr habt mich damit zum Angelplatz zurückgeschickt und genau gewusst, dass ich den Banko-Brüdern in die Arme laufen konnte?!», sagte ich ziemlich erbost. «Wenn Eddy in die Kiste reingesehen und ein Bündel Zeitschriften gefunden hätte, wäre ich mausetot. Tausend Dank!»

«Wir haben nur versucht, dein Leben etwas interessanter zu gestalten.» Gittis Lippen zuckten.
«Das ist nicht mehr komisch», brüllte ich. «Nun habt ihr es geschafft! Ich bin Mitschuldiger an einem großen Banküberfall! Was meint ihr, was die Polizisten wohl sagen, wenn ich ihnen von eurer Idee erzähle?! Dank euch bin ich auf dem besten Weg, im Gefängnis zu landen.»
Hatten sie das Geld etwa in ihre Kleider gestopft? Oder in die Polster? Es musste irgendwo im Zimmer sein. Seit unserem Angelausflug hatten sich die Tanten nicht von der Couch gerührt. Jedenfalls, soweit ich wusste.
«Also, wo habt ihr das Geld?», fragte ich. «Nein – sagt es mir lieber nicht. Es ist vielleicht besser, wenn ich es gar nicht weiß.» Ich ging aus dem Zimmer, ohne ein weiteres Wort zu verlieren.
In den nächsten Tagen vermied ich es, das Wohnzimmer zu betreten. Ich konnte die Tanten nicht ansehen, ohne auszuflippen. Ob ich die Polizei rufen sollte und alles gestehen oder ob ich lieber das Geld suchen und zurück zu der Angelstelle bringen sollte? Mit diesen Fragen schlug ich mich herum, aber ich hatte viel zu große Angst, um irgendwas zu unternehmen.
Drei Tage lang regnete es in Strömen. Mit meiner Mutter, die ja arbeitslos und deswegen den ganzen Tag da war, kam mir das Haus auf einmal ziemlich klein und eng vor.

Ich hatte mir vorgenommen, mit einem Freund im Park an meinem Tennis-Aufschlag zu arbeiten – ich wollte nicht vom Platz gefegt werden, wenn Rick von seinem Profi-Camp zurückkam –, der Regen machte meinen Plan zunichte. Ich rief Mark an, aber seine Vettern waren zu Besuch. Meinen Rasenmäher-Job konnte ich auch vergessen, das Gras war zu nass. Nicht mal fernsehen konnte ich, weil ich dabei mit den Tanten im selben Zimmer sitzen müsste. Ich wünschte mir, ich hätte ihre runzeligen Gesichter nie im Leben gesehen.
Da fiel mir das Tagebuch wieder ein. Professor Rickett hatte doch angedeutet, er hätte das Tagebuch dieses Fotografen entdeckt.
Vielleicht war es gar keine so schlechte Idee, ihn danach zu fragen. Vielleicht würde ich etwas über dieses alte Foto herauskriegen. Zum Beispiel, wie die Leute damit lebendig werden konnten.
Wie auch immer, ich musste meine Gedanken von den drei Diebinnen im Wohnzimmer ablenken.
Als ich klingelte, erschien Rick an der Haustür.
«Was machst du denn hier?», fragte ich.
«Ich wohne hier.»
«Ich dachte, du bist im Tennis-Camp.»
«Zu regnerisch. Die Courts sind aufgeweicht. Ich bin nach Hause gefahren.»
«Äh, ich wollte was von deinem Vater.»
In diesem Moment kam Professor Rickett aus seinem

Arbeitszimmer. «Hallo, Tim. Schön, dich zu sehen. Was machen die Tanten so?»
Ich wusste, dass es nur ein freundlicher Scherz war, aber da Rick vor mir stand, fiel mir keine Antwort ein, die sich nicht blöde anhörte.
«Ich hoffe, sie haben dir keine Schwierigkeiten gemacht?» Professor Rickett lächelte.
«Schwierigkeiten? Die Tanten? Warum sollen die Tanten mir Schwierigkeiten machen?» Mir gelang ein gequältes Lachen. «Bei mir zu Hause gibt es keine Schwierigkeiten, überhaupt nicht. Ich bin nur rübergekommen, weil ich Sie fragen wollte, ob Sie mir dieses Tagebuch borgen könnten, von dem Sie erzählt hatten. Das von dem alten Fotografen.»
Professor Rickett sah etwas verblüfft drein, aber er ging, um das Buch für mich zu holen. Rick stand da, ohne etwas zu sagen. Verlegen kratzte ich mit meinen Schuhsohlen über den Boden. Er würde sich über mich lustig machen, egal, was ich sagte. Wenn ich ihm nur hätte beweisen können, dass die Tanten wirklich sprechen konnten. Ich hätte ihn um Rat fragen können, was ich mit dem Geld anfangen sollte. Ich hatte meinen besten Freund verloren, weil wir uns über ein paar Puppen zerstritten hatten! Das war allein die Schuld der Tanten. Sie hatten mir meinen Sommer ruiniert – und vielleicht sogar mein ganzes Leben …
«Ich habe gehört, dass Moritz die Tanten angeknurrt

hat, als wären sie Gespenster oder so», sagte Rick schließlich.
Interessierte ihn das wirklich, oder setzte er schon wieder zu einem miserablen Tanten-Witz an? Ich war froh, dass sein Vater zurückkam.
«Hier ist es, Tim.» Er gab mir ein dünnes Buch mit einem roten Ledereinband. «Es lag aufgeblättert unter Ricks Bett. Moritz hatte es wieder mal verschleppt. Vieles in dem Buch ist nicht entzifferbar. Ich glaube, der alte Philipp Eisenstein hatte nicht mehr alle Tassen im Schrank, als er älter wurde.»
«Wie bitte?»
Professor Rickett tippte auf seinen Kopf.
«Ich meine gaga. Bekloppt. Senil. So ein verrückter Wissenschaftler. Sein Tagebuch macht ziemlich wenig Sinn.»
«Oh. Okay, trotzdem vielen Dank.»
Ich wusste: Was immer ich jetzt auch sagte, würde sich ebenfalls verrückt anhören. Ich nahm das Tagebuch und ging.
Zu Hause verzog ich mich schnurstracks auf mein Zimmer. Ich setzte mich, starrte auf das Tagebuch und hatte etwas Angst, es aufzuschlagen. Wie wäre es wohl, wenn ich tatsächlich herausfand, wie die Tanten in das Wohnzimmer gekommen waren? Wenn ich auch noch rauskriegte, wie ich sie dorthin zurückzappen konnte, wo sie hergekommen waren? Mein Leben könnte wieder

normal werden, und meine Probleme würden sich in Luft auflösen.

Langsam schlug ich das Tagebuch auf, das dem Menschen gehört hatte, der die Tanten zuletzt lebend gesehen hatte.

Was ich vor mir hatte, war ein Durcheinander von zittrigem, verwischtem Gekritzel, mit dem die vergilbten, brüchigen Seiten eng beschrieben waren. Philipp Eisenstein hatte eine fürchterliche Handschrift, und wenn ich auch einzelne Wörter entziffern konnte, sah das Ganze doch immer noch so aus wie die verwirrten Eintragungen einer Person, die nicht ganz bei Trost war.

Ein Großteil des Inhalts bestand aus Reihen von Zahlen und kurzen Formeln wie «3/4 Kupfer × 2c3 Sek.!» oder «Versuch CO 2 Kupfersulfid im Verhältnis 5/9 2/3 1/1 und 1/2 mit Zink – kein Glück».

Waren das die chemischen Formeln eines Fotografen oder die magischen Sprüche eines Zauberers? Ich spürte, wie mir die Haare zu Berge standen, aber ich las weiter: «Elektromagnetisches Feld immer noch zu schwach» und «3/4 ZN.K39.096,87 Vi», darunter «Lichteinwirkung und Zeitplan entscheidend für die Bewegung; 54 Xe».

Nach ungefähr zwanzig Seiten von diesem Zeug fiel es mir zunehmend leichter, die Handschrift zu entziffern. Aber ich verstand jetzt auch nicht viel mehr. Zum Ende des Buches hin wurde es schwieriger, die Schrift zu entziffern. Auf einer Seite war nichts als das Wort «Feuer» in großen Buchstaben auf das Papier gekritzelt. Die letzten drei Seiten schienen mir die interessantesten:

«Meine Arbeit ist zu Ende. Nicht vollendet. Zu Ende. Meine Arbeit – mein Leben! Die Verwirklichung meines Traumes, der die Welt verändert hätte, war in greifbare Nähe gerückt. Ein Augenblick, der die größte technische Leistung in der Geschichte der Menschheit hervorgebracht hätte: die Menschen über die Grenzen von Raum und Zeit hinweg zu projizieren, überallhin, in jede andere Zeit. Dieser Traum ist in Rauch aufgegangen. Am Tag danach erwachte ich in einem Krankenhaus, mit verbundenen Händen und Augen, und bemerkte, dass Monate vergangen waren. Sie sagten mir, das Feuer habe alles zerstört, nur ich und meine Kamera hatten überlebt. Sie nahmen an, ich würde nicht überleben, niemals mehr arbeiten, niemals mehr sehen können! Mein Material, meine Linsen, Filme, Aufzeichnungen – alles weg! Alles, was übrig geblieben ist, wie um mich zu verhöhnen, ist dieses Tagebuch. Wenn ich über die Krankenschwestern schimpfe, flüstern sie: *Der Arme, er hat seinen Verstand verloren.* Das Letzte, woran ich mich erinnere, ist der Geruch von Rauch und dann eine ohrenbetäubende Explosion. Sie sagten, sie hätten gedacht, ich wäre tot, als sie mich aus den Flammen trugen. Sogar jetzt noch, nachdem die Verbände von meinen Augen genommen wurden und ich wieder sehen kann, schmerzen meine Finger, wenn ich die Füllfeder halte. Sie sagen, ich hätte Glück gehabt. Ich fragte nach den drei Damen. *Welche Damen?*, fragten sie und sagten, dass niemand außer mir im Studio war. Sie halten mich für verrückt. Vielleicht bin ich das.

Sie zeigen hier im Foyer jeden Freitag bewegte Bilder, die sie *Stummfilme* nennen. Ich bin zu schwach, um an den Vorführungen teilzunehmen. Warum sollte ich auch hingehen? Warum kommen die Bilder nicht zu mir in mein Zimmer, damit ich sie mir allein ansehen kann?

Jemand sagte, ich hätte lieber bei der Fotografie bleiben sollen. Aber hätte ich das gekonnt, da ich doch wusste, dass viel mehr möglich ist?! Ein menschliches Dasein zu projizieren, wohin immer ich wollte, ohne die Grenzen von Zeit und Raum – das war der Traum meines Lebens!

Vielleicht wird jemand in meine Fußstapfen treten – und mit großer Mühe meinen Weg zurückverfolgen. Andere haben es vor mir versucht, versuchen es immer noch. Einige sind dem Geheimnis sehr nahe. Aber sie haben alle keinen großen Traum, ihre Visionen haben in kleinen Schubladen Platz. Nur ich, der ich allein nach meiner einzigartigen Methode arbeitete, hatte diese große Vision. Ich weiß, dass es möglich ist!! Obwohl ich am Ende bin, wird mein Traum nicht untergehen, Zeit und Raum zu überwinden, damit die Vergangenheit ewig leben kann!»

Ich zitterte so sehr, dass meine Brille auf der Nase wippte. Lange saß ich zusammengekauert da.

Mir ging auf, dass ich der einzige Mensch auf der Erde war, der wusste, dass die drei Frauen, die in dem Tagebuch erwähnt waren, die Tanten waren. Rick hatte keine Ahnung, was für ein irrsinniges Buch in seinem Haus herumgelegen hatte. Hatte Eisenstein wirklich damit experimentiert, Menschen von einem Foto wieder zum Leben zu erwecken – und in Gespenster zu verwandeln?

Er hatte sicher etwas völlig Verrücktes in seinem Fotostudio ausprobiert. Wenn ich doch besser in Mathematik wäre. Zahlen hatten mich schon immer durcheinander gebracht. Die nächsten Jahre würde ich damit verbringen, Physik, Chemie und Fotografie zu studieren, um herauszufinden, was genau Eisenstein gemacht hatte. Vielleicht könnte ich sein Experiment sogar selbst wiederholen. Oder wieder rückgängig machen.

Trotzdem war es undenkbar, dass ich auch so ein verrückter Fotograf würde. Ich hielt es für das Beste, das Tagebuch zu zerstören, damit niemand wieder auf die Idee käme, mit so gefährlichen Dingen Unsinn zu treiben. Aber zuerst wollte ich das Buch nochmal lesen. Ich hatte das Gefühl, dass ich etwas übersehen hatte. Irgendein wichtiges Detail, das der Geschichte erst ihren Sinn gab.

Sollte ich den Tanten von dem Tagebuch erzählen? Ich entschloss mich, es nicht zu tun. Sie hatten mir etwas verheimlicht. Also musste ich ihnen auch nicht alles sagen.

Ein Besuch im Theater

Ich mied die Tanten auch weiterhin. Der Regen hatte noch immer nicht nachgelassen. Mit der Zeit wurde es ziemlich langweilig. Mein Freund Reiner fuhr in das Ferienhaus seiner Eltern und Mark ins Camp. Ich hatte nichts zu tun.

An einem Nachmittag machte ich mir ein Erdnussbutter-Mayo-Sandwich und schlenderte ins Wohnzimmer, ohne von den Tanten Notiz zu nehmen. Meine Mutter saß dort über den Stellenanzeigen der Zeitung.

«Hallo, Fremder», sagte sie. «Was treibst du so? Lässt du mich mal abbeißen?» Ich gab ihr die eine Hälfte meines Sandwiches. Wir haben wirklich in vielem den gleichen Geschmack. Ich schaltete den Fernseher ein, ein alter Western lief.

«Du sitzt so oft vor dem Fernseher, dass du für deine Freunde überhaupt keine Zeit mehr hast, Tim», sagte meine Mutter. «Ehe du es merkst, bist du ein einsamer Mann.»

Ich hätte ihr am liebsten geantwortet, dass die Tanten schuld daran waren, dass ich meinen besten Freund verloren hatte und dass der Fernseher in der Tat mein ein-

ziger Freund war. Aber plötzlich fiel mir auf, dass ich mich vor dem Fernseher am Boden ausstrecken konnte. Verrückt. Normalerweise war hier nie genug Platz, denn das Zimmer war immer voll gestopft mit Requisiten und allen möglichen Sachen vom Theater. Aber alles war weg. Das Wohnzimmer wirkte richtig kahl.
«Was hast du mit dem ganzen Zeug gemacht?»
«Zum Theater zurückgebracht. Nachdem sie mir dort gekündigt hatten, haben sie mich aufgefordert, alles zurückzubringen, bis auf den letzten Schraubenzieher. Was für eine Art! Dieser Geiz! Ich habe ihnen prophezeit, dass sie ihren Laden schließen müssen, noch bevor der Sommer vorüber ist. Sie haben ihre besten Leute entlassen. Kein Geschäftssinn!»
Als sie mit der Zeitung fertig war, wollte sie noch einige Besorgungen machen und ging hinaus. Von meinem Platz auf dem Teppich aus konnte ich hören, wie die Tanten zappelten und sich über mich aufregten, weil ich diesen Film sah, weil ich so faul war, weil ich Erdnussbutter mit Mayo aß und so weiter und so weiter.
Ich beachtete sie gar nicht. Dann fingen sie an, über Männer zu diskutieren: Ob es den Traummann denn in Wirklichkeit gebe? Ich stellte den Fernseher lauter, um ihr dummes Gerede zu übertönen, aber der Wink mit dem Zaunpfahl schien bei ihnen nicht anzukommen.
«Ein Mann», sagte Isabel zu Lotte und Gitti, «muss in früher Jugend schon Respekt, Höflichkeit, Loyalität

und Ehrlichkeit erlernen, sonst wird aus ihm später mit großer Wahrscheinlichkeit ein Strolch.»

«Oder noch schlimmer – er wird Gameshow-Moderator!», kreischte Gitti. Alle drei kicherten laut.

«Habt ihr es eigentlich schon bemerkt?», sagte ich trocken. «Ich möchte mir einen Film ansehen.»

Es war ein ziemlich spannender Film. Die Cowboys zettelten gerade eine Schießerei im Saloon an.

«Außerdem», sagte Lotte etwas leiser, «finde ich, ein echter Mann sollte großzügig, unterhaltsam, zuverlässig und natürlich tapfer sein.»

«Dabei sollte er intelligent und phantasievoll sein», fügte Gitti hinzu, «Humor haben – und ein angenehmes Äußeres –, wenn ihr wisst, was ich meine.»

Sie kicherten ausgelassen. Widerlich, dachte ich.

Im Fernsehen lief gerade Werbung, deshalb drehte ich mich um und sagte: «Was wisst ihr drei über Männer? Insbesondere über echte Männer? Keinen Schimmer habt ihr. Schließlich seid ihr nicht mal echte Frauen. Und ihr haltet euch für Experten. Ihr meint wohl, ihr seid perfekt.»

«Was glaubst du, warum wir nie geheiratet haben?», fragte Gitti. «Weil es den Traummann nicht gibt, mein lieber Junge.»

«Lieber Tim, wir würden uns doch nie für perfekt halten», sagte Lotte. «Wir haben unsere kleinen Laster wie jeder andere auch.»

Kleine Laster? Wie passte das zum Stehlen?

«Ich zum Beispiel habe für mein Leben gern geraucht.» Lotte blickte traurig auf ihre leere Zigarettenspitze. «Ich habe mich schon gefragt, ob du mir nicht vielleicht eine Schachtel Zigaretten kaufen könntest, Tim. Nur, um ab und an eine in die Zigarettenspitze zu stecken. Ich würde sie nicht anzünden. Ich kann natürlich nicht inhalieren – meine Güte! Ich könnte mich dabei ja selbst in Brand stecken!»

«Schlag dir das aus dem Kopf!», sagte ich. «Rauchen schadet deiner Gesundheit. Und außerdem dürfen Jungen in meinem Alter überhaupt keine Zigaretten kaufen.»

«Tja, die Zeiten haben sich geändert», seufzte Lotte.

«Ich war auch nicht immer perfekt», gab Gitti mit gedämpfter Stimme zu. «Ich habe mit dem größten Vergnügen geflucht! Einmal wäre ich deswegen fast aus dem Kirchenchor geflogen, nicht wahr, Isabel? Ich war berühmt für meine flotten Sprüche. Ich musste mich wirklich beherrschen, um dieses Talent im Zaum zu halten.»

«Und ich bin, sooft ich es mir nur leisten konnte, zum Wetten auf die Pferderennbahn gegangen», fügte Isabel hinzu. «Und außerdem haben wir nie einen guten Tropfen Sherry verachtet, keine von uns dreien, damals wie heute. Wir wissen, dass wir nicht perfekt sind, Tim. Auch heute nicht. Wir sehen auch viel zu viel fern. Natürlich gab es zu unserer Zeit noch kein Fernsehen …

Es ist schon großartig, anderen Leuten durch ein kleines Fenster in einer Schachtel bei ihren Abenteuern zuzusehen.»

Die Werbung war inzwischen vorbei, und der Film ging weiter. «Okay, okay», sagte ich. «Auch ich sehe zu viel fern. Aber wenn ihr nichts dagegen habt, würde ich jetzt auch gerne mal etwas *hören*!»

Die Tanten scherten sich nicht drum, dass ich wütend auf sie war. Sie scherten sich auch nicht drum, dass man kein Geld stahl.
Sie dachten wohl, es wäre in Ordnung, wenn man einem Ganoven etwas klaut. Aber sie brauchten sich ja auch nicht aufzuregen. Ich war ja derjenige, der deswegen Schwierigkeiten kriegen würde.

Die Bösewichte im Film überfielen ein Tanzlokal. Die Pferde galoppierten, die Lassos wirbelten, Isabel stieß mich mit ihrem Spazierstock an.

«Ahäm, Tim», sagte sie mit einem merkwürdigen Klang in der Stimme. «Wir haben ein kleines Problem, über das wir gerne mit dir sprechen würden.»

«Nicht jetzt.» Ich starrte weiter auf den Bildschirm.

«Tim, es ist ziemlich wichtig. Wir finden, wir sollten sofort mit dir darüber sprechen.»

«Jetzt nicht!»

Der Überfall war in vollem Gange. Die Cowboys fesselten und knebelten den Sheriff. Plötzlich wurde der Bildschirm schwarz. Ich drehte mich wütend zu den Tanten um. Natürlich, Gitti hielt die Fernbedienung in der Hand!

«Ich setze mich jetzt darauf.» Sie schob die Fernbedienung unter ihr breites Hinterteil, sodass ich nicht mehr drankommen konnte.

«Ich habe den Fernseher ausgeschaltet, weil du uns zuhören musst, Tim. Isabel hat dir was zu sagen.»

«Das wird was Wichtiges sein!», sagte ich wütend.

«Ich schwöre dir, dass es sehr wichtig ist», entgegnete Isabel. «Gitti, Lotte und ich wollen ins Theater. Und zwar heute noch, wenn möglich.»

«Das soll wohl ein Witz sein. Ihr seid komplett durchgeknallt, wenn ihr wirklich glaubt, ich würde euch drei ins Theater mitnehmen.»

«Das ist noch lange kein Grund, ausfallend zu werden», sagte Gitti.
«Ich werde euch niemals mehr irgendwohin mitnehmen, nach dem, was ihr getan habt. Geld stehlen, es dann verstecken und mich mitten in der Nacht an den Fluss zurückschicken!»
«Es war deine Idee, zum Fluss zurückzugehen», sagte Isabel.
«Warum habt ihr das Geld behalten und mich ausgetrickst? Ihr habt doch selbst gesagt, für euch ist das Geld nichts wert.»
«Wir dachten schon, dass du uns nie danach fragst», antwortete Gitti. «Die Sache ist ganz einfach. Wir brauchen das Geld hier, damit wir den Banko-Brüdern auflauern und sie fangen können. Willst du die Belohnung nicht mehr? Wir konnten wirklich nicht zulassen, dass das Geld wieder im Fluss landet und die dummen Polizisten den ganzen Ruhm ernten! Wir hätten dir unseren Plan schon früher erklärt, wenn du in den letzten Tagen nicht ständig versucht hättest, uns aus dem Weg zu gehen!»
Ich starrte die Tanten an.
«Wie sollten die Banko-Brüder darauf kommen, dass wir das Geld haben? Wie um Himmels willen sollen sie uns aufspüren?», fragte ich.
«Ganz einfach», erwiderte Gitti. «Was glaubst du, wie viele Jungen es in dieser Stadt gibt, die rote Haare ha-

ben, Sommersprossen, eine Brille und den Namen, der auf der Rückseite deiner Jacke steht?»
«O nein! Meine Jacke, die hab ich ganz vergessen! Warum habt ihr mir das nicht gesagt?»
Gitti zuckte mit den Achseln.
«Wir wussten ja nicht sicher, ob die Banko-Brüder in der Dunkelheit deine Jacke sehen würden. Aber für den Notfall steht auf den Zeitschriften, die wir in die Blechschachtel gepackt haben, deine Adresse. Wenn die Banko-Brüder nicht so dumm wären, hätten sie uns längst gefunden.»
«Ich will nicht, dass sie hierher kommen!», schrie ich. «Wir können wer weiß was für Schwierigkeiten kriegen. Vielleicht schweben wir jetzt schon in Gefahr! Ihr hättet mich zumindest fragen können!»
«Wir hätten dich gefragt, Tim», sagte Lotte. «Aber wir waren uns sicher, dass du nie und nimmer einverstanden gewesen wärst.»
«Damit habt ihr allerdings Recht! Ich hab auch noch nie so einen verrückten Plan gehört! Das ist doch bloß wieder einer von euren Tricks, nicht wahr? Euch ist es langweilig und ihr wollt raus, stimmt's? Eine kleine Fahrradtour durch die Stadt –»
«Tim», sagte Lotte, «wir würden dich nie austricksen, wenn es nicht absolut notwendig wäre. Wir sagen dir die Wahrheit. Ehrenwort!»
Jede von ihnen legte feierlich ihre Hand auf die Brust.

«Also, wo habt ihr das Geld versteckt?», fragte ich.
«Unter uns», sagte Isabel besänftigend.
«Das heißt, ihr sitzt darauf?»
«Nein», sagte Isabel. «Ich meine damit, dass wir es unter der Couch deponiert hatten, in der Schachtel, in der deine Mutter unsere alten Kleider aufbewahrt hat.»
«Großartig! Einfach großartig!», knurrte ich. «Da liegen Tausende, vielleicht Hunderttausende gestohlene Geldscheine in einem Pappkarton unter meiner Wohnzimmercouch!»
«Stimmt nicht ganz», sagte Isabel.
«Das gestohlene Geld *lag* in einer Schachtel unter der Couch. Aber vor einigen Tagen brachte deine Mutter ja alle Sachen zum Theater zurück, einschließlich der Schachtel mit den Kostümen. Aus diesem Grund müssen wir dorthin. Wir wollen das Geld hierher zurückbringen.»
«Okay, wenigstens ist das Geld nicht mehr im Haus. Dann können wir uns nur die Daumen drücken, dass die Banko-Brüder uns hier nie finden. Wenn das wahr ist, was ihr sagt, ist es nur gut, dass das Geld im Theater ist.»
«Tim, wir haben trotzdem das sichere Gefühl», entgegnete Lotte, «dass wir das Geld aus dem Theater holen sollten.»
«Seid ihr blöd? Es hat schon gereicht, das Geld einmal zu klauen. Ich weigere mich ausdrücklich, es ein zweites Mal zu tun.»

«Stell dir nur mal vor, die Banko-Brüder spüren uns auf und wir haben das Geld nicht hier», sagte Isabel. «Was, denkst du, werden sie mit uns machen?»
«Und stell dir vor, jemand findet das Geld im Theater», fügte Gitti hinzu. «In einer Schachtel, die von deiner Mutter dort abgeliefert wurde. Kannst du dir ausmalen, in welche Schwierigkeiten sie kommen würde?»
«Da ist vermutlich etwas dran», sagte ich sehr langsam. «Vielleicht wäre das Geld hier sicherer als im Theater, aber –»
«Dann findest du auch, dass wir Recht haben», sagte Gitti. «Lasst uns gehen. Ich bin schon ganz aufgeregt!»
«Ich finde überhaupt nicht, dass ihr Recht habt. Ich halte dieses Vorhaben für kompletten Unsinn!»
Ich schaltete am Apparat auf einen anderen Sender, irgendwo lief bestimmt ein guter Film. Fernsehabenteuer waren unterhaltsam und ungefährlich und außerdem nach anderthalb Stunden vorüber. Ich war alles andere als dazu aufgelegt, mit den Tanten im wirklichen Leben neue Abenteuer zu bestehen.
«Hör uns bitte zu. Du musst uns vertrauen, Tim», sagte Lotte. «Du kannst dich getrost in unsere Hände begeben.»
Ich blickte skeptisch auf die schlaffen, behandschuhten Hände der Tanten.
«Mein lieber Junge, warum glaubst du uns nicht»,

fragte Isabel, «dass wir aus tiefstem Herzen nur das Beste für dich wollen? Wir würden niemals dein Leben unnötig in Gefahr bringen.»
Ich hätte ausflippen können. Erstens hatten sie gar keine Herzen, und zweitens hatten sie mein Leben schon mehrmals in Gefahr gebracht. Aber vielleicht war es wirklich eine gute Idee, das Geld wieder hierher zu bringen, wo wir ein scharfes Auge darauf haben konnten. Um diese Tageszeit wäre im Theater auch nichts los. Vielleicht konnte ich mich unbemerkt hineinschleichen. Ich musste versuchen, das Richtige zu tun. Auch wenn es vielleicht das Falsche war.
«Okay», sagte ich schließlich. «Es sieht so aus, als hätte ich keine andere Wahl.»
«Lieber Tim», sagte Lotte, «wir wussten doch, dass wir auf dich zählen können! Jetzt musst du uns nur noch sagen, was man heutzutage ins Theater anzieht. Unser letzter Theaterbesuch liegt schon so lange zurück.»
«Regenmäntel», antwortete Gitti. «Es gießt.»
Die Tanten mussten unsere Aktion für wirklich dringend halten, da sie eine Fahrradtour durch den Regen riskierten, obwohl sie schreckliche Angst hatten, nass zu werden.
Während sie damit beschäftigt waren, sich aus grünen Müllsäcken Ponchos und Hüte zu basteln, holte ich etwas von meinem Geld aus den Couch-Polstern und zog los, um die Ausrüstung für unsere Expedition einzu-

kaufen. Danach half ich den Tanten in ihr Regenzeug und setzte sie auf mein Fahrrad. Natürlich wollten alle drei mitkommen. Ich hatte keine Kraft mehr, ihnen zu widersprechen, und die Reifen waren schließlich neu. Während ich durch die verregneten Straßen strampelte, kam ich mir vor wie ein Rad fahrender Müllmann inmitten von ausgebeulten Müllsäcken. Der Müllsack auf dem vorderen Gepäckträger, also Gitti, bestand darauf, den roten Regenschirm aufzuspannen, was es mir praktisch unmöglich machte zu sehen, wohin wir fuhren.

Das Theater war ein großes, altes, pinkfarbenes Gebäude, von dem die Farbe abblätterte. Die Fensterläden im ersten Stock waren zugeklappt, und über dem Eingang hing ein Schild: «Vorübergehend geschlossen.»

«Vermutlich plant ihr wieder einmal einen Einbruch», seufzte ich laut. «An der Rückseite gibt es noch eine andere Tür.»

«Das ist gut», sagte Gitti. «Ich lass mich nicht gerne stören, wenn ich Schlösser knacke.»

Ich stellte mein Fahrrad am Hintereingang neben den Mülltonnen ab. Das Schloss bereitete keine Probleme. Ein paar Drehungen mit Isabels bewährter Haarnadel und die Tür ging auf.

Die Suche nach der verlorenen Beute

Ich trug die Tanten ins Theatergebäude und schloss die Tür hinter uns. Wir standen in einem engen Flur, in den nur von einem kleinen Fenster an einem Treppenaufgang Licht fiel. Auf halbem Weg dorthin gab es eine Tür, und in der Nähe der Treppe lag ein Haufen Gerümpel. Ich hatte diesen Eingang schon einmal zusammen mit meiner Mutter benutzt, aber jetzt sah alles anders aus, düster und verlassen.

«Wo ist der Lichtschalter?» Ich tastete an der Wand entlang. «In dieser Dunkelheit finden wir das Geld nie.»

«Hier.» Lotte knipste an dem Schalter herum. Nichts passierte. «Der Strom ist sicher abgeschaltet. Du hast doch keine Angst vor der Dunkelheit, Tim, oder?»

«Du hast die Ausrüstung für unseren Trip besorgt», sagte Isabel. «Wo sind die Taschenlampen?»

«Ich hoffe, du hast auch an Masken für uns gedacht», fügte Lotte hinzu.

«Und Waffen», sagte Gitti. «Wir brauchen Waffen, um uns zu verteidigen, für den Fall, dass wir auf frischer Tat ertappt werden.»

«Sehr witzig», sagte ich. Die Tanten sahen sich zu viele Krimis an. Ich machte meine Tasche auf und packte die Sachen aus, die ich mitgebracht hatte: eine zwanzig Meter lange gelbe Wäscheleine, vier Schokoriegel und drei Paar Rollerskates.
Die Tanten starrten mich enttäuscht an.
«Eine Wäscheleine?», sagte Isabel schließlich. «Rollerskates? Schokolade? Mein lieber Junge, das hier ist keine Kinderparty.»
«Glaubt ihr im Ernst, ich schleppe euch drei hier durch die Gegend?», sagte ich. «Ihr müsst schon selbst vorankommen. Die Leine ist das Schlepptau. Die Schokolade mein Treibstoff. Für alles zusammen hab ich fast fünfzig Mark hingelegt. Unsere Suche lohnt sich also hoffentlich.»
«Du weißt doch genau, dass wir nicht laufen können», sagte Isabel, als ich ihr die Rollschuhe anschnallte. «Mir scheint, diese Rolldinger waren eine reichlich unsinnige Geldausgabe.»
«Wahrscheinlich hast du sie nur gekauft, damit du uns auslachen kannst, wenn wir auf den Hintern fallen», sagte Gitti.
«Ich finde Rollerskates hinreißend!», meinte Lotte. «Solche fahrbaren Untersätze hab ich mir schon immer gewünscht. Und die Farben, sind sie nicht bezaubernd! Tim, hilfst du mir?»
Die Rollschuhe waren aus Plastik, ein Paar in Gelb,

eines in Orange und eines in Blau. Ich schnallte jeder Tante ein Paar an die Füße.
«Keine Sorge», sagte ich. «Ich hab alles genau berechnet, es geht ganz leicht.»
Ich half den Tanten, sich in einer Reihe hintereinander aufzustellen, und legte die Wäscheleine zweimal um sie herum, einmal unter ihren Achselhöhlen hindurch und einmal in Hüfthöhe. Zwar war es eine echte Herausforderung für sie, aber mit ein wenig Übung konnten sie das Gleichgewicht prima halten, indem sie sich mit beiden Händen an der Wäscheleine festklammerten. An den Enden der Leine zog ich sie langsam den Flur entlang. Etwas steif rollten die Tanten hinter mir her. Ich unternahm eine Probefahrt zum Gerümpelhaufen und wieder zurück.
«Großartig! Das macht Spaß!», jubelte Gitti, wobei sie kühn und voller Wagemut die eine Hand von der Leine nahm, um mir zu winken.
«Schneller, Tim!»
«Es ist wie fliegen», rief Lotte begeistert. «Ich bin ein Vogel. Ich bin ein Flugzeug. Ich bin ein Zeppelin!»
«Eine phantastische Idee, Tim», warf Isabel ein. «Ist jeden Pfennig wert. Aber erst die Arbeit, dann das Vergnügen, Mädels! Wir haben schließlich noch etwas vor.» Sie streckte ihren Arm aus und stieß die Tür auf, an der wir eben vorbeirollten. Hier ging es zur Eingangshalle des Theaters mit dem Kartenschalter und

der Haupttreppe. Etwas berührte meinen Fuß. Ich sprang einen Schritt zurück und stieß gegen Isabel, die gegen Lotte stieß und die wiederum gegen Gitti. Wir fielen um wie Dominosteine und lagen der Länge nach auf dem Rücken, die Beine zappelten in der Luft.

«Das war doch nur eine Maus», sagte Gitti noch am Boden. «Was hast du denn gedacht? Einer der Banko-Brüder?»

«Erzähl mir nicht, dass du nicht auch erschrocken bist! Wie konntet ihr mich nur zu diesem verrückten Unternehmen überreden?»

«Was kann es denn hier schon geben, wovor man erschrecken muss?», fragte Gitti. «Ausgenommen natürlich», fügte sie mit gedämpfter Stimme hinzu, «die Banko-Brüder benutzen dieses verlassene Gemäuer als Versteck. Aber darum haben wir dich ja mitgenommen, Tim. Du bist so tapfer!»

«Glaubt – glaubt ihr wirklich, das könnte sein? Ich meine, dass sie sich hier verstecken?»

«Tim, keine Angst! Wir werden dich beschützen», sagte Lotte beruhigend.

«Glaubt ihr, ich wäre mitgekommen, wenn ich geahnt hätte, dass die Banko-Brüder hier sind?», brüllte ich. «Ihr habt mich schon wieder ausgetrickst. Immer das Gleiche!»

«Bring deine Därme nicht unnötig in Aufruhr», sagte Gitti. «Reiß dich jetzt zusammen und geh weiter. Friss

oder stirb, heißt jetzt unser Wahlspruch, Tim. Oder möchtest du lieber nach Hause gehen?»

Ich drehte den dreien den Rücken zu und zerrte an der Leine. Nach Hause zu gehen war eine gute Idee. Und wenn die Tanten nicht endlich aufhörten, sich über mich lustig zu machen, würde ich tatsächlich heimgehen und sie in dem dunklen Theater allein ihrem Schicksal überlassen. Dazu war ich fest entschlossen. «Mir ist absolut schleierhaft, wie ihr in diesem riesigen Gebäude das Geld finden wollt», sagte ich. «Es kann überall sein.»

«Wo hat deine Mutter die Kiste wohl hingebracht», fragte Lotte.

«Na ja, im ersten Stock gibt es einen Requisitenraum.»

«Dann nichts wie hin», sagte Gitti. «Wir bleiben hinter dir.»

Ich befürchtete schon, ich müsste die Tanten einzeln die Treppe hochtragen. Aber der Gerümpelhaufen brachte mich auf eine Idee. Oben auf dem Haufen lag nämlich eine lange, schmale Sperrholzplatte, die perfekte Rampe. Ich legte sie über die Treppenstufen und postierte die Tanten davor. Sie ordneten ihre Röcke und hielten sich an der Leine fest. Dann nahm ich etwas Anlauf und zog alle drei auf einmal nach oben.

«Huiiii!» Lotte ließ die Leine los, als sie oben auf dem Treppenabsatz angekommen war, kreischte vor Vergnügen und flitzte die Rutschbahn wieder hinab. Gitti

folgte ihrem Beispiel. Mit ihrem aufgespannten roten Regenschirm in der Hand segelte sie graziös nach unten. Ich musste die ganze Treppe runterlaufen, um sie zurückzuholen.
«In Deckung!», rief Isabel. Zu meinem Entsetzen kam nun auch sie wie ein Skispringer von der Schanze heruntergeschwirrt. «Wer behauptet eigentlich, dass man einem alten Hund keine neuen Tricks beibringen kann?», sagte sie trocken. «Los, Mädels, haltet euch an der Leine fest. Tim zieht uns wieder hoch.»
«Ihr erinnert euch vielleicht, das ist keine Kinderparty!», murmelte ich. Als ich die Treppe zum zweiten Mal hochschnaufte, sagte Gitti: «Wisst ihr, was? Das erinnert mich an ein Gedicht, das ich als Kind gelernt habe.» Sie begann mit hohler Stimme zu rezitieren:

«Gestern auf der Treppe sah
ich einen Mann, der war nicht da.
Auch heute sah ich ihn nicht dort,
ich wünscht, er ginge endlich fort.»

«Wie die Banko-Brüder», sagte Lotte mit schaurig verstellter Stimme.
«Sehr witzig!», sagte ich. Sie wollten mich nur auf die Palme bringen. Was hatten sie schon zu befürchten? Als Gespenst wäre ich auch längst nicht so nervös gewesen.

Die Treppe führte zu einem Flur, von dem etliche Türen abgingen. Vorsichtig öffnete ich eine nach der anderen. Die ersten zwei führten in fensterlose Waschräume. Die dritte ging in ein Büro, die vierte in eine düstere Garderobe, in der nur noch ein großer Spiegel war. Als ich unsere Spiegelbilder sah, schrie ich unwillkürlich auf. Auch die Tanten verstummten für einen Moment. Es war nicht sehr beruhigend zu wissen, dass sie ebenfalls nervös waren.

Die letzte Tür am Ende des Ganges führte in einen stockdunklen Raum. Ich stolperte vorwärts und verhedderte mich in etwas Großem und Muffigem. Ich konnte meinen Schrei gerade noch unterdrücken, da hörte ich Lotte sagen: «Ich glaube, wir sind auf der Bühne. Das muss der Bühneneingang sein. Wir sind hinter den Kulissen – seht ihr den Vorhang? Du meine Güte – ich wollte schon immer mal auf der Bühne stehen!»

Mit den Tanten im Schlepp krabbelte ich unter etlichen schwarzen Vorhängen hindurch, bis wir endlich auf der großen Bühne standen. Vor uns gähnten die leeren Sitzreihen. Es war, als spielten wir ein Gruselstück ohne Publikum.

«Lasst uns hier verschwinden», flüsterte ich. «Was ist, wenn sich die Banko-Brüder wirklich irgendwo verstecken? Ich war bekloppt, dass ich mich von euch hab überreden lassen, hier einzubrechen.»

«Ho, ho», sagte Gitti. «Aus welchem Grund sollten sie

sich denn hier verstecken? Das Theater ist nur für ein oder zwei Tage geschlossen. Ich hab doch nur einen kleinen Scherz gemacht. Du bist leider drauf reingefallen.»

«Ich glaube, ich hab hinter diesen Vorhängen noch eine andere Tür gesehen», sagte Isabel.

An der Wäscheleine zerrte ich die Tanten unter den Vorhängen hindurch zu der Tür hinter der Bühne. Durch die zog ich die drei hinter mir her in die Dunkelheit. Plötzlich verlor ich den Boden unter den Füßen und stürzte ins Leere. Mit einem ziemlich lauten Krachen landete ich irgendwo. Die Tanten purzelten auf mich drauf.

«Was – was ist passiert?» In der Dunkelheit setzte ich mich auf und rieb mir den Kopf.

«Hinter der Tür war eine Treppe, lieber Junge», sagte Isabel. «Die hast du leider übersehen.»

«Seht mal!», sagte Lotte. «Wir haben den Requisitenraum gefunden.»

Es war ein großer Raum mit vielen Fenstern, also konnten wir zumindest sehen, was wir taten. Alles Mögliche stand hier herum. An den Wänden lehnten hölzerne Kulissen mit aufgemalten Wäldern, Meeren und Straßenszenen. Auf einer Unzahl von Kleiderständern hingen die verschiedensten Sachen: Piraten- und Tanzkostüme, Cowboyanzüge, orientalische Kaftane und japanische Kimonos. Außerdem Dutzende von Pappkartons!

«Wir brauchen Stunden, um das alles zu durchsuchen», sagte ich. «Die Schachtel finden wir nie.»
Ich ließ die Tanten gegen einen Pappkarton gelehnt an der Tür zurück und bahnte mir einen Weg zwischen den Schachteln hindurch, um die eine zu finden, die unter unserer Couch gestanden hatte. Dabei fand ich das merkwürdigste Zeug: alte Schuhe, Plastikgemüse, Musikinstrumente, Federn, eingetrocknete Farben, Pfeifen, Brillen, Perücken, sogar etwas Spielgeld …
Auf einmal hörte ich hinter mir ein Geräusch. Ich drehte mich zu den Tanten um – und erstarrte. Da standen plötzlich drei finster dreinblickende alte Cowboys mit riesigen Hüten, Schnurrbärten und Fransenlederjacken. Die Banko-Brüder hatten uns gefunden!
«Hi, Tim, altes Haus!», sagte der eine gedehnt, und alle drei Tanten brachen in lautes Gelächter aus.
«Sehr witzig», sagte ich, während mein Herz wie wild pochte. «Bildet euch bloß nicht ein, dass ich drauf reingefallen bin.»
«Jipppy-jeeh», rief Gitti und wirbelte die Wäscheleine wie ein Lasso. «Jetzt sind wir zu allem bereit. Schnappen wir uns doch die Halunken mit dem Lasso, und dann nichts wie ab mit ihnen ins Loch. Schmeiß die Hufe, Pferdchen!»
Ich drehte mich wieder zu den Pappkartons um. Der nächste, den ich aufmachte, war voller alter Kleider: eine Matrosenbluse, zwei Paar altmodische Unterho-

sen, ein alter Pelz, ein schwarzer Hut, ein glitzernder Pullover …

«Hey!», sagte ich. «Ich glaube, ich hab es gefunden!»

Ich schob den Kleiderstapel beiseite. Hier lag das Geld, ordentlich gebündelt. Hunderte und Aberhunderte von Geldscheinen.

«Hipp, hipp, hurraaa!», brüllte ich. «Hier ist es!»

«Bravo! Gratuliere! Gut gemacht!», kreischten die Tanten. «Nun lasst uns von hier verschwinden.»

Die Tanten wollten ihre Hüte und Cowboyjacken nicht zurücklegen, aber ich bestand darauf.

«Wir dachten, du magst Cowboys», murrten sie. Nachdem ich die Kleider auf den Boden geworfen hatte, nahm ich die Schachtel mit dem Geld an mich. Es war nicht einfach, mit drei lebensgroßen Puppen und einer Schachtel voll Geld den Rückweg über die Treppe und durch das ganze Theater zu bewältigen. Ich ging voraus, Isabel folgte, dann kam Lotte, schließlich Gitti. Die Schachtel zog sie am Griff ihres Regenschirmes hinter sich her.

«In diesen alten Handschuhen hab ich überhaupt keine Kraft, aber ich werde mein Bestes tun», sagte sie.

Ich zog die drei wieder über die Treppe, durch den Raum hinter der Bühne und in den Flur mit den Waschräumen. Wir sausten den Flur entlang zu der ersten Treppe und über die Rampe hinunter bis zu der Tür, die nach draußen führte. Da befreite ich die Tanten von der

Wäscheleine und den Rollerskates. Sie steckten immer noch in ihren Regenponchos. Mit der Wäscheleine band ich mir die Schachtel fest auf den Rücken, die Expeditionsausrüstung und die Tanten im Arm, kämpfte ich mich ins Freie. Ich schloss die Tür hinter uns und schwankte beladen wie ein Packesel durch den Regen zu meinem Fahrrad.

Was nun? Auf meinem Fahrrad hatten höchstens die drei Puppen Platz. Warum hatte ich nicht vorher daran gedacht? Die Schachtel mit dem Geld konnte ich nicht unterbringen. Ich musste zweimal fahren. Ratlos stand ich im Regen und überlegte, wen oder was ich zuerst nach Hause transportieren sollte. Wenn ich das Geld zurückließ, waren wir wieder da, wo wir angefangen hatten. Wenn ich aber das Geld mit nach Hause nahm, musste ich es unbewacht dort zurücklassen – fatal, falls die Banko-Brüder wirklich aufkreuzten.

Aber konnte ich denn Gitti oder Lotte oder Isabel allein im Haus oder am Theater zurücklassen, während ich die erste Fahrt machte? Es war wie in der Geschichte von den Füchsen und den Hühnern, die den Fluss überqueren wollen. Was sollte ich nur tun?

Mit einem Stück Papier und einem Stift hätte ich mein Problem vielleicht lösen können. Ich klemmte die Schachtel auf meinen Gepäckträger.

Plötzlich flüsterte Lotte: «Pssst! Polizei!»

Die Zeitbombe

«Weg hier!» Ich guckte mich nicht mal um, hievte nur die Tanten aufs Fahrrad und stieß in der Eile gegen eine scheppernde Mülltonne. Die Tasche mit der Ausrüstung schleuderte ich auf den Gepäckträger, und während ich mit einer Hand die Kiste festhielt, umklammerte ich mit der anderen den Lenker, und los ging's.

Ich raste in atemberaubendem Tempo die Straße entlang und riss das Rad nur so um die Kurven. Einen richtigen Verbrecher hatten die Tanten aus mir gemacht – ich brach ein, stahl Geld, flüchtete vor der Polizei! Ich war wie die Banko-Brüder. Und alles nur wegen der Tanten!

«Wenn ich von der Polizei erwischt werde, komme ich in ziemliche Schwierigkeiten», keuchte ich über meine Schulter nach hinten.

Lotte kicherte. «Ich hab doch nur Spaß gemacht, Tim. Uns war einfach langweilig, als wir im Regen saßen, während du gegrübelt hast, was du tun sollst.»

«Danke vielmals!», knurrte ich und bremste scharf. Die Tanten landeten um ein Haar in einer Pfütze. Geschähe ihnen recht.

«Ich hab gar keine Angst gehabt.»
«Ach so?», sagte Gitti. «Für jemanden, der sich nicht fürchtet, warst du aber ganz schön schnell.»
«Na und? Wenn eure Beine was taugen würden, hätte ich euch übrigens zu Fuß laufen lassen», schnaubte ich.
«Das Einzige, was bei uns läuft, sind die Maschen von unseren Strümpfen», seufzte Lotte und streckte mir ihr Bein entgegen, um mir eine kleine Laufmasche zu zeigen.
Ein Müllauto fuhr rückwärts an uns vorbei, spritzte einen Schwall Wasser über mein Fahrrad, und ich war von oben bis unten tropfnass. Die Tanten in ihren wasserdichten Ponchos kicherten. Glücklicherweise war meine Mutter immer noch unterwegs, als wir zu Hause ankamen.
Ich befreite die Tanten von ihren Ponchos und setzte sie ins Wohnzimmer. Dann brachte ich die Schachtel mit dem Geld herein, die inzwischen etwas feucht war, und schob sie unter die Couch.
«Ich hoffe, jetzt seid ihr glücklich», sagte ich. «Das Geld ist wieder da, alles ist wie vorher, und wir sind in Schwierigkeiten. Was habt ihr sonst noch vor?»
Gitti grinste.
«Überleg dir mal, wie langweilig dein Leben ohne uns wäre.»
«Wäre toll, wenn ihr mal die Klappe halten würdet»,

sagte ich, während ich mein triefend nasses Haar mit einem Handtuch abrubbelte.
«Ich bin ganz durchnässt», sagte Gitti. Sie holte ihr Taschentuch heraus und tupfte sich die Brust ab. «Ich spüre direkt, wie ich modere. Ich habe keine Lust, Schimmel anzusetzen, bevor meine Zeit gekommen ist.»
Ich hätte ihr den Föhn meiner Mutter leihen können, aber sie verdiente keinerlei Gefälligkeiten. «Ich wollte dieses Geld nie», erinnerte ich sie, «und ich will es auch jetzt nicht. Ich bin kein Dieb! Ich finde, wir sollten die Schachtel einfach draußen in den Müll werfen und vergessen.»
«Die Müllabfuhr war schon da», antwortete Lotte, während sie zum Fenster hinaussah. Ich öffnete unsere durchweichte Expeditionstasche.
«Will irgendjemand Schokolade?»
Die Tanten lehnten höflich ab, obwohl Gitti jedes einzelne Stück musterte, das ich aß.
«Wir müssen irgendetwas unternehmen!», sagte ich schließlich. «Warum habt ihr keinen Plan, wenn wir dringend einen nötig haben?»
«Wir haben doch einen», sagte Gitti. «Du wartest, bis die Banko-Brüder uns finden, nimmst sie hopp, übergibst sie der Polizei zusammen mit dem gestohlenen Geld und kassierst eine dicke, fette Belohnung.»
«Tolle Idee!», sagte ich. «Aber die Chancen stehen

schlecht. Es ist sehr viel wahrscheinlicher, dass die Banko-Brüder uns hoppnehmen.»
«Wir müssen sie kriegen, bevor sie uns kriegen», sagte Gitti in einem schaurigen Ton.
«Ich glaube, es ist Zeit, mit jemand anderem über die Sache zu sprechen», sagte ich. «Vielleicht sollte ich meiner Mutter alles erzählen. Oder der Polizei.»
«Du willst es dir tatsächlich entgehen lassen, die Banko-Brüder zu fangen? Ich schäme mich für dich, Tim», sagte Gitti.
«Wir dachten, du bist ein echter Mann. Aber was bist du? Eine Maus.»
«Ich hab eine andere Idee», rief ich. «Warum schicken wir das Geld nicht einfach anonym an die Bank zurück?»
«Prima, wenn du deine Fingerabdrücke von jedem der Geldscheine entfernen kannst, die du angefasst hast», bemerkte Isabel.
«Ich will es einfach nur loswerden», seufzte ich und machte mich über den zweiten Schokoriegel her.
«Dann verbrenne es doch», sagte Gitti, «und mach alle unsere Pläne zunichte.»
«Wir befinden uns am Ende des zwanzigsten Jahrhunderts», sagte ich, «man kann heutzutage nicht einfach ein Feuer im Garten anzünden.»
«Wir sind ohnehin prinzipiell gegen Feuer, nicht wahr, Mädels?», sagte Lotte.

«Aber was ist, wenn deine Mutter das Geld unter der Couch findet? Vielleicht sollten wir ein besseres Versteck suchen.»

«Da müsst ihr euch aber schnell was überlegen. Meine Mutter kommt jeden Moment heim. Sie wollte nur in den Supermarkt und zur Bank gehen.»

«Das ist es!», rief Gitti. «Die Bank!»

«Das perfekte Versteck», fügte Lotte hinzu. «Aber wie kommen wir hinein?»

«Tim kommt hinein», sagte Isabel.

Ich starrte die drei fassungslos an.

«Wovon redet ihr? Ihr seid doch komplett durchgedreht, wenn ihr glaubt, dass ich es riskiere, das ganze Geld auf mein eigenes Konto einzuzahlen!»

«Nicht in *diese* Bank, Hohlkopf», sagte Gitti. «In unsere!»

Sie bohrte ihren dicken Zeigefinger in ein Couchpolster.

«Keine blasse Ahnung, wovon du sprichst.»

«Hast du vergessen, dass du in dieser Couch dein Geld aufbewahrst?», sagte Isabel.

«Wenn wir *dein* Geld bewachen können, können wir sicher auch *dieses* Geld bewachen.»

«Du stopfst einfach ein paar Geldbündel in jedes Polster», fügte Lotte hinzu. «Das würde endlich auch mal die Polster auffüllen, und die Couch sieht nicht mehr so verbeult aus.»

Ich mampfte Schokolade und dachte über den Plan der Tanten nach.
«Okay», sagte ich schließlich. «Gar keine schlechte Idee.»
Ich nahm, was von meinem eigenen Geld noch übrig war, aus dem einen Couchpolster und stopfte es in Isabels Handtasche, damit es nicht mit dem gestohlenen Geld verwechselt wurde. Viel war allerdings nicht mehr übrig geblieben.
Dann verstaute ich das gestohlene Geld in den drei Sitzkissen der Couch, wobei ich die Dellen ausglich, so gut es eben ging. Den leeren Pappkarton brachte ich in die Garage. Schließlich arrangierte ich die Tanten wieder auf der Couch. Nicht einmal meine Mutter hätte gemerkt, dass irgendwas in dem Zimmer sich verändert hatte. Erschöpft ließ ich mich auf den Boden fallen und aß den letzten Schokoriegel.
«Es ist nicht schlecht, Wächter zu sein, wenn man bei dem Job sitzen kann», sagte Lotte.
«Wir räumen die Bank nicht aus», alberte Gitti, «wir stopfen sie voll.»
«Mir ist schleierhaft, wie ihr Witze machen könnt, während wir auf einer Zeitbombe sitzen.» Ich konnte immer noch nicht aufhören zu grübeln. «Was passiert, wenn die Banko-Brüder hier auftauchen? Dann haben wir den Schlamassel! Das ist alles eure Schuld, daran möchte ich euch nur mal erinnern. Ich weiß wirklich

nicht, warum ich mich in die Sache hab reinziehen lassen.»
«Du hast uns gemacht, weißt du noch?», erwiderte Isabel trocken.
Da hatte sie Recht. Aber es kam mir eher so vor, als ob sie mich zu dem gemacht hätten, der ich jetzt war. Und so wollte ich wirklich nicht sein. Ich war ein Dieb geworden, ein Einbrecher, ein hilfloser Sklave von drei alten Frauen, die nicht einmal echt waren.
Sie machten anrüchige Geschäfte mit gestohlenem Geld und warteten auf den Besuch einer Verbrecherbande. Das Schlimmste war, dass ich mitgeholfen hatte, sie in die Welt zu setzen! Die Situation war vollständig außer Kontrolle geraten.

«Ich glaub, ihr habt noch gar nicht begriffen, in welcher Gefahr …»
«Was geschehen ist, ist geschehen», sagte Isabel.
«Ja, Tim, nimm es hin, wie es ist!», fügte Gitti hinzu.
Ich starrte sie an. «Ihr habt es doch genommen!»
«Endlich sitzen wir mal auf dem großen Geld», sagten sie kichernd.
Lotte nahm die Fernbedienung und klickte den Fernseher an.
«Nicht schon wieder!», kreischte Gitti. «Schlimmer als die Sendung ‹Echte Männer› ist die Wiederholung von ‹Echte Männer›.» Die Sendung, in der es um Freundschaft ging, lief gerade.
«Wir können dir hundertmal mehr über Freundschaft erzählen als dieser beschränkte Fatzke», sagte Isabel und schaltete den Fernseher wieder aus.
«Ganz bestimmt», sagte ich. «Ihr könnt mir vor allem erzählen, wie man Freundschaften kaputtmacht.»
«Ich vermute, du spielst auf Rick an», sagte Gitti. «Schieb uns nicht ständig die Schuld für alle deine Probleme in die Schuhe, lieber Junge.»
«Echte Freundschaft übersteht so einen Streit», sagte Isabel. «Rick will bestimmt auch, dass ihr Freunde bleibt. Da bin ich ganz sicher.»
«Echte Freunde haben Vertrauen zueinander und teilen alles miteinander», sagte ich. «Sie dürfen keine Geheimnisse voreinander haben – so wie ihr vor mir!»

Die Tanten tauschten bedeutungsvolle Blicke aus. Lotte flüsterte Isabel und Gitti etwas zu. Alle drei sahen schuldbewusst drein.

«Was ist *jetzt* wieder mit euch?», fragte ich. «Schon wieder ein Geheimnis? Kein Wunder, dass wir keine Freunde sein können. Ich kann euch ja keine Minute trauen!»

Meine zündende Idee

Die nächsten Tage waren fürchterlich. Ich hatte Angst, zu Hause zu bleiben, und ich hatte Angst, das Haus zu verlassen. Es könnte ja sein, dass die Banko-Brüder auftauchten. Ich fühlte mich als Wächter und Gefangener zugleich. Tagsüber war es nicht ganz so schlimm. Gelegentlich ging ich sogar raus, drehte mit dem Fahrrad eine Runde, aber nie länger als fünf Minuten. Vermutlich würden die Banko-Brüder nachts aufkreuzen, dachte ich. Nacht für Nacht lag ich nun im Bett und horchte auf die Geräusche von einem Einbruch oder von Schüssen. Ich überlegte mir, dass ich ins Bad rennen und die Tür hinter mir abschließen würde. Aber auch die verschlossene Badezimmertür würde die Banko-Brüder nie und nimmer aufhalten. Und wenn sie meine Mutter erschießen würden? Oder wenn ich alles verschlafen und morgens tot in meinem Bett aufwachen würde?

War ich überhaupt noch ganz zurechnungsfähig? Ich war mit den Nerven am Ende. Alles war die Schuld der Tanten. Sie weigerten sich immer noch, mir zu sagen, wie sie die Banko-Brüder fangen wollten.

«Mach dir keine Sorgen», sagten sie. «Wir haben alles unter Kontrolle. Hoffen wir zumindest.»
Schließlich kamen sie auf die glorreiche Idee, dass ich mich vielleicht besser fühlen würde, wenn ich eine Puppe hätte.
«Eine was?», fragte ich.
Gitti gluckste vergnügt. «Eine Tim-Puppe.»
«Isabel ist eine ausgezeichnete Schneiderin», sagte Lotte. «Du gibst ihr ein paar Stoffreste und einige von deinen Klamotten, und sie näht dir ein perfektes Double.»
«Zu deiner eigenen Sicherheit», fügte Gitti hinzu. «Nur für den Fall, weißt du.»
«Für welchen Fall?» Ich starrte sie an. «Also nochmal: Ihr wollt eine Puppe basteln, die aussieht wie ich, damit ich mich im Ernstfall in ein Gespenst verwandle?»
Die Tanten hatten wohl was in den falschen Hals gekriegt. Ich hatte sie geschaffen. Sie konnten mich doch nicht erschaffen!
«Komm mal her», sagte Isabel, «dann kann ich deine Maße nehmen.»
«Aber das würde natürlich nur funktionieren, wenn ich, wenn ich in diesem Wohnzimmer sterben würde, nicht wahr?»
Mich schauderte bei der Vorstellung, die Banko-Brüder würden durch das Fenster schießen. «Und überhaupt. Was ist mit einem Foto? Hatte das nicht alles etwas mit

diesem alten Foto zu tun? Ihr könnt es vergessen. Keine Chance. Keine Puppe. Mir ist es lieber, es gibt mich in echt.»

«Tim, du verstehst auch überhaupt keinen Spaß.» Alle drei lachten.

«Reg dich doch nicht so auf. Wir haben alles gut durchdacht. Du kannst uns vertrauen!»

Aber sicher.

Morgens stand ich immer ganz früh auf, um die Nachrichten zu sehen. Ich hoffte, die Polizei würde die Banko-Brüder schnappen. Nach einer fast schlaflosen Nacht hatte ich endlich genug. Ich konnte den Gedanken nicht länger ertragen, dass dieses Geld noch einen Tag mehr in den Couch-Polstern stecken sollte. Ich musste die Tanten dazu bringen, mich in ihren Plan einzuweihen.

«Schon so früh auf?» Meine Mutter saß im Morgenmantel mit einem Teller Waffeln und einem Notizbuch in einem der Sessel im Wohnzimmer. Wie sollte ich mit den Tanten sprechen, wenn sie hier war?

«Weißt du eigentlich, dass du seit Tagen schrecklich blass bist, Tim», sagte sie. «Vielleicht solltest du dich mal von Dr. Zucker durchchecken lassen.»

Wenn ich nur an die Banko-Brüder dachte, wurde mir in der Tat ganz elend. Deswegen hatte ich zu wenig geschlafen, kein Wunder, dass ich blass war. Meine Mutter seufzte: «Ich fürchte ja, dieses eigenartige Verhalten in letzter Zeit ist für einen Jungen in deinem Alter normal. Warum triffst du dich denn nicht mehr mit Rick? Du wirst so schnell erwachsen! Ich hab fast den Eindruck, dass du mit deinen Freunden nichts mehr anzufangen weißt. Vielleicht brauchst du ja eine Freundin, die dich aus deiner Einsamkeit herausholt? Eigentlich bist du ja noch zu jung für eine Freundin, aber –»

«Eine Freundin? Niemals!»

Mädchen! Mir reichten schon die vier, mit denen ich hier zusammenwohnte. Wie war ich bloß darauf gekommen, ich könnte mich mit meiner Mutter aussprechen?!?

Sie seufzte wieder. «Du bist wirklich in einem schwierigen Alter ... du bist so launisch in letzter Zeit, so eigensinnig. Aus dir wird ein junger Mann, Tim. Ich kann schon verstehen, dass es nicht einfach für dich ist, dich darauf einzustellen.»

Ich wäre am liebsten aufgestanden und gegangen. Mir reichte schon das Echte-Männer-Geschwätz der Tanten. Aber zum Glück fiel mir ein, wie ich meine Mutter aus dem Zimmer locken könnte.

«Hey», sagte ich, «diese Waffeln riechen wirklich köstlich. Machst du mir einen von deinen Müsli-Joghurt-Shakes dazu?» Ich leckte mir die Lippen. «Du weißt doch, die nahrhafte Version, die mit Weizenflocken und rohem Ei?»

Sie sah mich misstrauisch an. «Ich dachte, du hasst

meine Müsli-Shakes? Letztes Mal hast du deinen an die Nachbarskatze verfüttert. Du musst wirklich krank sein, Tim.»

«Mir geht es echt gut», sagte ich mit Nachdruck. «Ich bin nur müde, das ist alles.»

«Wenn du müde bist, warum stehst du dann so früh auf?»

«Hm, ich dachte, ich schau mir mal die Nachrichten an.»

«Das macht mir auch Sorgen», sagte sie, «dass du die ganze Zeit fernsiehst. Glaubst du, ich habe nicht bemerkt, dass der Fernseher fast den ganzen Tag läuft?»

Sie ging in die Küche.

«Und da wir schon dabei sind», rief sie, «du schuldest mir immer noch das Geld für die neuen Kleider der Tanten. Hast du den Scheck mit der Belohnung noch nicht bekommen? Die Polizei hatte ja wohl genug Zeit, dir das Geld auszuzahlen.»

Mir fiel ein, dass ich ihr die traurige Nachricht noch gar nicht mitgeteilt hatte. Ich musste mindestens drei oder vier Rasen mähen, damit ich diese dämlichen Kleider bezahlen konnte.

Meine Mutter kam mit dem Müsli-Shake zurück. Unter ihren Augen würgte ich das Zeug hinunter und tat so, als schmeckte es mir. Sie verbrachte fast den ganzen Tag mit ihrem Notizbuch im Wohnzimmer, also konnte ich nicht mit den Tanten sprechen.

Vielleicht war es doch an der Zeit, meiner Mutter die ganze Wahrheit zu sagen. Sie würde mir glauben. Das war nicht das Problem. Oder vielmehr, das war das Problem. Sie würde es sofort allen ihren Freunden erzählen, und die Tanten würden rasen vor Wut.

Vielleicht würden sie nie mehr mit mir sprechen. Nein, eine Aussprache würde alles nur schlimmer machen. Und die Banko-Brüder würden trotzdem kommen.

«Was schreibst du da eigentlich in dein Notizbuch?», fragte ich sie.

Sie ließ den Stift sinken. «Seit ich arbeitslos bin, denke ich, ich könnte es mit dem Schreiben versuchen. Du weißt doch, bei meiner Phantasie ...»

«Echt? Was schreibst du? Zeitungsartikel? Eine Fernsehserie? Kinderbücher?»

«Nein, Horror. Ich glaube, Horror-Dramen sind meine Stärke. So was wird auch gut bezahlt. Wir können schließlich etwas Geld gebrauchen.»

Wenn meine Mutter gewusst hätte, wie viel ihre Couch wert war!

Vor dem Abendessen war ich endlich allein mit den Tanten.

«Wenn ihr mir nicht endlich sagt, wie ihr die Banko-Brüder schnappen wollt, dann steht fest ...», sagte ich in entschlossenem Ton, «dann werde ich ... dann werde ich ...»

«Was wirst du, Tim?», fragte Lotte süßlich.

«Gacker, gacker, quak, quak», kicherte Gitti. «Was bist du denn? Ein Huhn oder ein Angsthase?»
«Du brauchst jemanden, der dich von deinen Sorgen befreit», sagte Isabel. «Vielleicht», sie ahmte perfekt die Stimme meiner Mutter nach, «vielleicht brauchst du eine Freundin.»
Ich ließ die drei kichernden Tanten auf der Couch zurück und ging zum Abendessen. Es gab falschen Hasen. Er schmeckte merkwürdig. Ich fragte meine Mutter lieber nicht, was in der Füllung war. Das Thema Füllung wollte ich lieber vermeiden. Auch das Thema Hasen. Nach dem Essen machten wir Popcorn und sahen einen Film über einen Typen, der sich in der Unterwelt verirrt hatte und von gigantischen Würmern gefangen wurde. Ich vergaß meine Sorgen für eine Weile, konnte mich entspannen und den Film genießen. Meine Mutter hatte natürlich nichts Besseres zu tun, als andauernd das Fernsehen mit dem Theater zu vergleichen.
«Fernsehen tötet die Phantasie», sagte sie, «anders als Theaterstücke und Bücher, die dich zum Nachdenken bringen.»
«Du siehst doch auch fern!»
«Nur die Nachrichten. Und auch die sind leider viel zu unterhaltsam aufgezogen. Zu viel Fernsehen, las ich neulich, verzerrt die Wahrnehmung der Wirklichkeit. Und von Filmen wie diesem kann man außerdem Alpträume kriegen.»

Ich fand den Film gut, er war nur halb so gruselig wie das wirkliche Leben.
«Warum siehst du dir das dann an?», fragte ich.
«Weil ich finde, Tim, dass wir beide mehr Zeit miteinander verbringen sollten. Ich habe dich in diesem Sommer kaum gesehen. Wir sollten Karten spielen oder miteinander reden oder zusammen Sport treiben oder so. Ich sehe schon. Du wächst mir über den Kopf.»
Die Tanten hinter uns auf der Couch nickten einander heimlich zu. Offenbar waren sie derselben Meinung.
Die vier verstanden es wirklich, einem den Abend zu ruinieren. Später fiel ich dann völlig erschöpft ins Bett. Mein Hirn war wie ausgeleert. So leer, dass ich, als ich eingeschlafen war, einen verrückten Traum hatte.
In dem Traum war ich mit den Tanten im Theater und probte mit ihnen spätnachts ein Theaterstück. Das Bühnenbild stammte wohl von meiner Mutter, denn es sah genauso aus wie unser Wohnzimmer.
Es gab keine Zuschauer, dafür stand in einer Ecke ein Fotograf hinter einer alten Filmkamera. Er hatte ein schwarzes Tuch über dem Kopf, sodass man von ihm nur die Beine sah, die in grünen Gummistiefeln steckten, und einen Arm, der an der Kurbel drehte.
«Was tun Sie da?», fragte ich ihn. «Das ist *mein* Traum. Ich meine mein Wohnzimmer. Verschwinden Sie.»
«Ach, halt die Klappe, Bürschchen!», sagte er freundlich. «Und sag, bist du wirklich ein echter Mann?»

«Ich hab mit dieser idiotischen Show nichts zu tun!»
«Ich auch nicht! ‹Echte Männer› ist die schrecklichste Fernsehshow, die ich jemals filmen musste. Ich bin froh, dass sie mich gefeuert haben. Aber wir werden es ihnen zeigen.»
Er klopfte auf seine Kamera.
«Dieser Film ist für eine neue Konkurrenzshow: Sie heißt ‹Falsche Männer›. Die Show dreht sich um Männer, die Angsthasen sind, so wie du. Du bist perfekt in deiner Rolle. Ich werde alles in meinem Tagebuch notieren. Was für eine wunderbare Show!»
Er packte seine Kamera zusammen und verschwand.
Ich wachte auf und hatte eine großartige Idee! Sie war so einfach, dass ich lachen musste. Warum war ich nicht früher darauf gekommen? Es gab einen ganz einfachen Weg, Rick zu beweisen, dass die Tanten sprechen konnten. Philipp Eisenstein war in meinem Traum erschienen und hatte mir die Antwort gegeben. Videos! Rick hatte doch eine Videokamera.
Er müsste sich damit einfach im Flur verstecken und meine Unterhaltung mit den Tanten durch die offene Wohnzimmertür filmen. Wenn die Tanten sich selbst auf dem Bildschirm sehen würden, könnten sie Rick nicht länger vortäuschen, dass sie nur Puppen waren. Ich musste Rick in das Geheimnis einweihen! Uns zwei konnten sie nicht so leicht herumkommandieren wie mich allein! Das wäre ein Spaß, wenn die Tanten sich

auf dem Bildschirm sehen würden. Sie wären dann selbst die Schauspieler, und ich könnte fiese Bemerkungen über sie machen. Mir hatten sie schon genug Fernsehsendungen verdorben.

Ich wählte Ricks Nummer. Dass wir wieder Freunde sein würden, fand ich großartig. Die Videokamera würde unter unseren Streit einen Schlussstrich setzen. Ich würde Rick alles erzählen, und gemeinsam würden wir planen, was mit den Banko-Brüdern zu tun war.

«Rickett hier», sagte er.

«Hier ist Tim!», meldete ich mich.

«Oh, hallo. Gut, dass du anrufst.»

«Wirklich?»

«Ja. Ich wollte dich auch schon anrufen.»

«Echt?»

«Ja. Bei uns gibt's heute Abend eine Party. Ich wollte dich einladen, aber hast du auch Lust?»

«Oh», sagte ich langsam.

«Kommst du?»

Das hörte sich wirklich gut an. Aber ich wusste, dass meine Mutter auch dorthin ging. Das hieß, dass wir die Tanten allein zu Hause lassen mussten.

Eigentlich hatten sie nichts Besseres verdient, aber irgendjemand musste das Haus bewachen.

«Ich würde gerne kommen», sagte ich. «Echt gerne. Aber es geht nicht. Hast du nicht Lust, heute Nachmittag mit deinem Camcorder vorbeizukommen und –»

«Keine Zeit. Ich muss meinem Vater helfen, die Party vorzubereiten. Wozu brauchst du denn eine Kamera? Ich dachte, mein Anrufbeantworter reicht für den Trick?»

«Wovon redest du?», fragte ich.

«Spielt keine Rolle. Wovon redest du denn?»

«Kann ich dir am Telefon nicht erklären», sagte ich, «das geht wirklich nicht. Kannst du denn morgen mit deinem Camcorder vorbeikommen, wenn die Party vorbei ist? Jetzt kann ich es dir nicht erklären, aber morgen sage ich dir dann alles, Ehrenwort.»

Ich wusste, wie ruppig und lächerlich sich das anhören musste. Aber Rick schien nicht sauer zu sein, nur enttäuscht, und er versprach, morgen vorbeizukommen.

Den ganzen Tag fühlte ich mich unheimlich überlegen, weil ich nun ein Geheimnis hatte, von dem die Tanten nicht einmal etwas ahnten. Nach wie vor war ich sehr nervös, denn ich hatte immer noch keine Ahnung, wie ich die Banko-Brüder davon abhalten sollte, das Geld zu holen. Die Tanten schienen mit ihren eigenen Gedanken beschäftigt und taten so, als wäre ich gar nicht da. Etwa gegen acht Uhr abends warf meine Mutter einen Blick ins Wohnzimmer, wo ich mit den Tanten saß und Zeitschriften las. Die Tanten benahmen sich gleich wie ausgestopft. Ich musste vorsichtiger sein. Wenn ich sie mit Readers Digest in den Händen dort sitzen ließ, konnte meine Mutter Verdacht schöpfen. Oder mich

WOW!

für verrückt halten. Sie starrte uns einige Sekunden an. Vielleicht hatte sie schon erste Anzeichen einer Geisteskrankheit an mir entdeckt.

«Tim», sagte sie schließlich, «ich glaube, ich weiß, was mit dir los ist. Ich kenne dein dunkles Geheimnis.»

«Was?» Mir war heiß und kalt zugleich. Ich hatte so viele Geheimnisse, dass ich nicht ahnen konnte, welches sie kannte. Die Tanten sahen ebenfalls beunruhigt aus.

«Ich hab mich schon gewundert, warum du so viel Zeit allein hier im Wohnzimmer verbringst», fuhr sie fort. «Und nun ist mir alles klar.» Ich hielt den Atem an. «Zuerst dachte ich, die Tanten seien schuld daran, aber nun bin ich auf den wahren Grund gestoßen.»

«W-was meinst du denn?»

«Du bist fernsehsüchtig, Tim!»

Ich konnte mich nicht beherrschen und lachte los.

«Was gibt's da zu lachen», sagte sie. «Du schaust dir wirklich alles an. Du lässt sogar, während du liest, diesen Blödsinn laufen. Der Fernseher ist ständig an. Neulich hast du den ganzen Tag Nachrichten geschaut.»

«Es ist wichtig, auf dem Laufenden zu bleiben», murmelte ich.

«Aber du versäumst dein Leben, Tim! Du schaust dir nur noch dieses Geflimmer an, das nichts mit der Wirklichkeit zu tun hat. Du bist der totale Stubenhocker geworden. Du verbringst viel zu viel Zeit allein. Du solltest wirklich mehr rausgehen. Such dir doch neue Freunde, geh in ein Hockey-Team und tu, was dir Spaß macht. Genieße dein Leben! Ich kann nicht verstehen, warum du heute Abend nicht mit auf die Party gehst.»

Ich zuckte die Schultern. «Wenn du dich nicht beeilst, kommst du zu spät.»

«Ich mache mir Sorgen, dass du versauerst! Schau mich an. Ich feiere mit meinen Freunden eine wilde Party. Und was machst du? Du verbringst den Abend allein zu Hause. Irgendwas stimmt da doch nicht, findest du nicht auch?»

Ich zuckte wieder mit den Schultern.

«Tim, ich will dir ja nicht vorschreiben, wie du leben sollst. Aber ich will auch nicht, dass du einsam erwachsen wirst.»

«Ich doch nicht, Mama, ehrlich. Mach dir keine Sorgen um mich. Es geht mir gut.» Ich versuchte, möglichst überzeugend zu wirken.

«Ich hab eigentlich kein gutes Gefühl, dich heute Abend allein zu lassen. Aber ich finde, du bist alt genug, um auf dich selbst aufzupassen. Vielleicht mach ich mir ja wirklich zu viele Sorgen um dich. Ich hab dich eben lieb, Tim. Falls du deine Meinung änderst, kannst du mich ja anrufen, dann komm ich und hol dich ab.»

Sie küsste mich zum Abschied und umarmte mich so fest, dass mir fast die Tränen in die Augen stiegen. Ich horchte auf ihr Abschiedshupen, als sie rückwärts aus der Einfahrt auf die Straße fuhr. Wäre ich doch nur mit ihr gefahren …

«Ich hoffe, du bist dir darüber im Klaren, Tim», sagte Isabel und legte sorgfältig ein Lesezeichen in ihr Readers Digest, «dass deine liebe Mutter absolut Recht hat. Dein Leben ist wirklich zu langweilig für einen Jungen in deinem Alter.»

«Zu langweilig? Wollt ihr mich auf den Arm nehmen? Mein Leben besteht nur noch aus Furcht und Schrecken. Und das habe ich euch zu verdanken!»

«Du brauchst etwas Ablenkung», sagte Gitti. «Wie wäre es mit einer eigenen Party? Wir drei sind so richtig in Stimmung, nicht wahr, Mädels?»

Ich dachte wieder an mein Tanten-Video, und ich jubelte innerlich auf. Eine Party wäre genau das Richtige, um den letzten Tag zu feiern, an dem die Tanten mich herumkommandieren würden.

«Eine gute Idee! Etwas Abwechslung wäre nicht übel», sagte ich. «Wir können so viel Spaß miteinander haben. Lasst uns eine Party feiern!»

Die Horror-Pizzaparty

Ich rief einen Pizzaservice in der Stadt an und bestellte eine zwölfteilige Spezial-Luxus-Hawaii-Pizza mit einer Extraportion Käse, Schinken, Tomaten und Oliven. Die Kommentare der Tanten über das schwer verdauliche Essen ignorierte ich und holte Chips, Erdnüsse und Cola aus der Küche. Was machte es schon, dass die Tanten nicht mitaßen? Es gab keine Partys ohne Festessen.

Wir spielten ein paar Runden Doppelkopf. Das war ihr Lieblingsspiel, obwohl sie beim Ausspielen ziemlich langsam und unbeholfen waren. Ich gewann jede Runde und war so guter Laune, dass ich mich entschloss, ihnen von dem Tagebuch des alten Fotografen zu erzählen.

«Ich habe euch was verheimlicht», begann ich.

«Was sagst du da, junger Mann?», unterbrach mich Gitti. «Nach allem, was wir für dich getan haben? Ich finde das äußerst undankbar von dir.»

«Ihr seid nicht die Einzigen, die Geheimnisse haben.» Ich grinste, als ich an Ricks Videokamera dachte.

«Er macht ohne uns Pläne», sagte Lotte traurig. «Man kann ihm einfach nicht trauen.»

«*Mir* kann man nicht trauen? Ich bin die einzige vertrauenswürdige Person in diesem Zimmer! Die ganze Zeit habe ich euer Geheimnis gehütet. Ich habe keiner Menschenseele ein Wort gesagt! Das zählt für euch wohl überhaupt nicht?!»

«Großartig», sagte Gitti. «Und was wäre passiert, wenn du irgendjemandem von uns erzählt hättest? Würde das irgendeinen Unterschied machen? Wir hätten uns ohnehin geweigert, mit Fremden zu reden, selbst wenn sie uns zu Tode kitzeln würden. Wenn du unser Geheimnis ausgeplaudert hättest, wärst du der Dumme gewesen.»

Ich lächelte heimlich in mich hinein.

«Wie sollen wir dir vertrauen? Du hättest mich beinahe an Rosas Second-Hand-Laden verkauft!», fügte Lotte mit einem Schluchzer in der Stimme hinzu. «Wenn wir dir nicht mehr bedeuten, als, als …»

«Wenn man irgendjemandem in diesem Zimmer nicht trauen kann», sagte ich, «dann seid ihr es, nicht ich. Als ich euch zum ersten Mal sah, dachte ich, ihr wärt ehrlich. Aber leider hat sich das Gegenteil herausgestellt. Ihr habt mich hinters Licht geführt und mich in Schwierigkeiten gebracht, und nun riskiert ihr mein Leben und das meiner Mutter, und zwar nur zu eurem persönlichen Vergnügen. Ihr brecht ein, stehlt Geld und schert euch nicht um die Gesetze! Ihr seid die unehrlichsten und niederträchtigsten alten Frauen, denen ich

je begegnet bin! Ihr seid kein bisschen besser als die Banko-Brüder!»
Die Tanten waren geschockt von meinem Zornesausbruch. Isabel beendete schließlich das Schweigen.
«Es trifft uns zu erfahren, dass du uns völlig missverstanden hast, Tim», sagte sie. «Es ist sehr traurig, wenn jemand einem misstraut und wenn man zu Unrecht angegriffen wird. Nach all unseren gemeinsamen Abenteuern hatten wir gehofft, dass du uns lieber magst. Wir hatten gehofft, wir würden eines Tages echte Freunde werden. Wobei wir nicht bestreiten wollen, dass wir die Verbrechen begangen haben, die du aufgezählt hast: Einbruch, Diebstahl, Verschwörung. Es hat uns selber überrascht. Aber wenn du nur verstehen würdest, dass –»
Es läutete an der Tür. Wir erstarrten alle. Mit einem Schlag war es totenstill im Zimmer. Ich bekam Gänsehaut am ganzen Körper.
«Willst du nicht zur Tür gehen?», fragte Gitti. «Du hast eine Pizza bestellt.»
«Ja. Richtig. Hab ich ganz vergessen.»
Ich stand auf und ging zur Haustür. Niemand da. Jemand klopfte an die Hintertür.
«Er wird sicher ums Haus herumgegangen sein. Ich komm schon!»
Während ich zur Hintertür ging, sah ich, wie Lotte nach dem Telefonhörer griff. Was hatte sie vor? Ich konnte den dreien keine Sekunde den Rücken zukeh-

ren. Ich knipste das Außenlicht an und öffnete die Tür. Eddy Banko trat ins Haus. Zwei Männer kamen hinter ihm her. Der ältere, ein blasser, weißhaariger Opa mit einem Hörgerät und einer Aktentasche, schlug die Tür hinter sich zu und verriegelte sie. Der andere, ein großer Typ mit dreckigen Händen und einem vernarbten Gesicht, richtete eine Pistole auf mich.
«Hallo, Kleiner», sagte Eddy. «Endlich haben wir dich aufgestöbert.»
Ich wich zurück ins Wohnzimmer und brachte keinen Ton heraus.
«Du musst uns einiges erklären, Kleiner», sagte Eddy. «Wo ist das Geld?»
«Ich habe nicht v-viel», stammelte ich und schielte über die Schulter auf die Couch.
«Bitte nicht schießen. Nehmen Sie den Fernseher. Er ist sehr viel wert.»
«Mach keine Witze, Kleiner. Ich hab genug von deinen Tricks. Rück die Kohle raus.»
«Du, Eddy, und du, Bert, seht euch mal die Puppen an», sagte der Mann mit der Pistole. «Hey, die verdammte Puppe da links, die kommt mir irgendwie bekannt vor. War die nicht als Schaufensterpuppe in dem Laden, als wir den Bank-Job verpfuscht haben?»
«Ja, ja, ja.» Eddy sah sich Lotte genauer an. «Du hast wohl Recht, Ralf. Was macht die denn hier?» Er kratzte sich am Kopf.

«Ob hier was stinkt, Jungs?» Bert und Ralf nickten. Isabel räusperte sich. «Guten Abend, meine Herren. Wir haben Sie erwartet.»
Die Banko-Brüder hielten den Atem an, wichen zurück und duckten sich hinter einen Sessel. Ralf hob seine Pistole und zielte auf Isabel. «Nicht schießen!», brüllte ich.
«Es gibt Leute, die haben keine Manieren», sagte Isabel hochnäsig. «Platzen einfach, ohne zu fragen, in eine pri-

vate Party. Ich möchte nur anmerken, dass wir lange genug auf Sie gewartet haben.»
«S-s-sie kann sprechen!» Eddy war kreidebleich. Seine Augen quollen vor. «Gespenster», flüsterte er und verzog sich Richtung Tür. «Halt sie in Schach, Ralf.»
«Warten Sie!», schrie ich. «Ich kann Ihnen alles erklären. Es sind meine Tanten. Sie leben hier. Sie können nicht mal laufen. Keine Sorge, sie tun Ihnen nichts. Bitte legen Sie die Pistole weg.»
Eddy wollte sich ausschütten vor Lachen. «Ha, ha, fast hättet ihr uns reingelegt, beinah hätten wir gedacht, ihr seid Gespenster. Sie sind echt, Jungs. So echt wie du und ich. Sie haben sich mit Strumpfmasken für 'ne Kostümparty verkleidet. Wir haben doch früher auch solche Masken benutzt, erinnert ihr euch, Jungs?! Hahaha. Vielleicht sind es ja drei junge Mädchen, die sich als alte Frauen verkleidet haben.»
Er zwinkerte mir verschmitzt zu.
«Sollen wir ihm trauen, Eddy?», zischte Bert aus dem Mundwinkel.
«Was sollen drei Frauen und das kleine Bürschchen schon gegen uns ausrichten?» Eddy lachte.
«Wie ich sehe, hat die Polizei euch noch nicht verhaftet», entgegnete Isabel.
«Die hätten uns schon beim ersten Mal nie erwischt, wenn uns nicht jemand verpfiffen hätte.» Eddy blickte misstrauisch zwischen mir und Lotte hin und her.

«Seht mich an.» Lotte glättete ihr Haar und schwenkte ihre Zigarettenspitze. «Glaubt ihr vielleicht, ich würde drei attraktive Herren wie euch verpfeifen?»
Eddy grinste, dann starrte er sie wieder wütend an. «Lenk nicht ab», knurrte er. «Wir wissen, dass ihr das Geld habt. Rückt es heraus!» Ärgerlich machte er einen Schritt in meine Richtung. «Ich vermute, du hast dich an dem Morgen, an dem du das Paket in den Fluss zurückgeworfen hast, noch gut über mich amüsiert. Ich dachte wirklich, dass das Geld in dem Paket wäre.»
«Ich auch, ehrlich!»
«Sehr witzig, Kleiner», knurrte Eddy. «Wegen dir hab ich in dem schlammigen Loch nach einem Bündel Zeitschriften getaucht, die in Damenschlüpfer eingewickelt waren!»
«Damen-, was?»
«Schlüpfer! Unterhosen!»
Eddys Gesicht lief rot an.
«Unterhosen!»
Gitti lachte hämisch. Lotte fing auch an zu kichern. Nicht einmal Isabel konnte ihr Lächeln verbergen.
«Aufhören», brüllte Eddy, «hört auf zu gackern! Klappe!»
Das brachte die Tanten erst richtig in Fahrt, und sogar ich begann zu kichern. Es fehlte nicht viel und wir hätten uns vor Lachen auf dem Boden gekugelt. Eddy schnappte sich die Pistole von Ralf und zielte auf uns.

«Ihr habt zwei Minuten, um uns zu verraten, wo ihr das Geld versteckt habt», knurrte er. «Oder es passiert etwas!»

«Weg mit der Pistole!», befahl Isabel eiskalt. «Oder wir werden Ihnen überhaupt nichts erzählen.»

Eddy ließ die Pistole ein paar Zentimeter sinken. Isabel faltete gelassen ihre Hände.

«Zunächst einmal», sagte sie, «weiß Tim überhaupt nichts von dem Geld. Also machen Sie ihn nicht zum Sündenbock. Lotte, Gitti und ich tragen die volle Verantwortung. Falls Sie es noch nicht wissen», fuhr sie fort, «wir vier haben Ihre letzte Verhaftung veranlasst. Wir konnten es nur als eine persönliche Beleidigung ansehen, dass Sie sich der Gerechtigkeit entziehen wollten. Aus dem Unfall, den Sie auf Ihrer Flucht hatten, haben wir unsere Rückschlüsse gezogen. Wir haben das Geld erfolgreich aus dem Fluss geholt. Tim wusste nicht, dass wir das Geld behalten wollten, um Sie zu ergreifen», fuhr sie fort. «Er hat darauf bestanden, es zum Fluss zurückzubringen. Aber als er aus dem Zimmer ging, haben wir es aus der Blechschachtel genommen und durch Zeitschriften ersetzt. *Wir* haben sie in diese unaussprechlichen Wäschestücke eingewickelt, die Gitti geopfert hat.»

«War doch nur ein kleiner Scherz», erklärte Gitti.

«Wie bitte?», fragte ich amüsiert. «Wie hat Gitti sich denn die Unterhose ausgezogen?»

Also konnten sie sich doch bewegen. Taten sie etwa hilfloser, als sie in Wirklichkeit waren?
«Nachdem deine Mutter uns die neuen Kleider angezogen hatte, verstaute sie die alten in einer Schachtel unter der Couch», sagte Isabel. «Gitti hat sie mit ihrem Regenschirm wieder rausgeholt.» Es sah so aus, als wollte sie mir zuzwinkern.
«Auf die Einzelheiten kann ich verzichten», brüllte Eddy. «Wo ist die Knete?»
«Versteckt», entgegnete Isabel stolz.
«Wir werden sie schon finden», sagte Eddy. Die drei Brüder näherten sich bedrohlich der Couch. In diesem Moment klingelte das Telefon. Ich griff nach dem Hörer. Eddy wirbelte herum und zielte auf mich.
«Lass es klingeln! Der Anrufer denkt dann, er hat die falsche Nummer gewählt.»
Es war fast elf Uhr. Wer rief so spät noch an? Vielleicht Rick? Vielleicht hatte er es sich anders überlegt und beschlossen rüberzukommen – im Moment war das nicht die beste Idee. Ich seufzte. Vielleicht war es auch der Pizza-Dienst, der die Adresse überprüfte.
«Vielleicht ist es Tims Mutter», sagte Lotte. «Wenn Tim nicht abhebt, weiß sie gleich, dass etwas nicht in Ordnung ist.»
Das Telefon klingelte weiter.
«Okay», knurrte Eddy und richtete die Pistole auf Gitti. «Du. Heb ab und sag, das ist die falsche Nummer.

Und dann lässt du den Hörer neben der Gabel liegen.»

Gitti griff unbeholfen über den Kaffeetisch nach dem Hörer.

«Hallo?», sagte sie in das falsche Ende des Telefonhörers. «Hallo? Hallo? Keine Antwort», flüsterte sie. «Vielleicht ist es einer von diesen Anrufern, die einem schmutzige Sachen ins Ohr flüstern.»

«Halt mich nicht zum Narren», zischte Eddy. «Dreh den Hörer richtig rum.»

«Sie weiß es nicht besser», versuchte ich zu erklären. «Sie hat noch nie telefoniert.»

«Stimmt ja gar nicht», protestierte Gitti. «Ich meine, gut, ich meine ...»

Währenddessen konnten wir alle die angsterfüllte Stimme am anderen Ende der Leitung hören – meine Mutter. «Tim? Bist du da? Tim, was ist los?»

Ich sah zu Eddy rüber. Er schwitzte.

«Okay, sprich mit ihr», knurrte er. «Aber keine falsche Bewegung.» Er richtete seine Pistole auf mich. «Ich halte die Knarre genau auf deinen Hintern.»

Mit zitternden Fingern nahm ich den Hörer. Die drei Banko-Brüder und die drei Tanten lehnten sich vor, um mitzuhören.

«Hallo?», sagte ich in den Hörer. «Ja. Sicher. Nein. Ich kann dich kaum hören – die Verbindung ist ziemlich schlecht.» Eddy nickte beifällig.

«Wie bitte? Nein, wirklich, Mama, mir ist nicht langweilig. Sicher. Gut. Ja. Nein.» Die Tanten starrten mich wütend an. Ich hoffte, dass Eddy an der Unterhaltung nichts störte. Aus dem Augenwinkel beobachtete ich, wie die Knarre sich mir bedenklich näherte.

«Ja, bis später», sagte ich ins Telefon. «Nein, nein, ich schau mir gerade einen Film an. Was, oh –» Ich schielte nervös auf die Pistole. «So ein Thriller, glaub ich. Nein, Mama, ich hab k-keine Angst. Viel Spaß auf der Party. Tschüs.»

«Gut geblufft, Kleiner», sagte Eddy. «Du hast das Zeug zu einem echten Gangster. Aber nun an die Arbeit. Wenn die Beute hier in diesem Haus ist, werden wir sie finden.»

Er legte die Pistole auf den Couchtisch, und jeder der Brüder packte sich eine der Tanten. Ich tat so, als würde ich vom Sessel rutschen, warf dabei eine Schale mit Chips und einen Stapel Zeitschriften um und schnappte mir die Pistole.

Die Schlinge zieht sich zu

Ehe ich begriff, was ich da tat, hatte ich die Pistole in der Hand und schwenkte sie hinter dem Rücken der Brüder.

«Eine falsche Bewegung, und ich werde eure Gehirne nach Shanghai blasen!», knurrte ich. Diese Banko-Brüder sollten es nicht wagen, meine Tanten anzufassen.

«Ach, du meine Güte, Tim, leg sofort diese schreckliche Waffe weg», befahl Lotte. «Am Ende verletzt du noch jemanden.»

«Macht euch bereit für die Ewigkeit!», sagte ich mit gedämpfter Stimme und bewegte die Pistole dabei langsam vor den Banko-Brüdern auf und ab. Vielleicht war ich wirklich der geborene Ganove. Alles kam mir ganz natürlich vor.

«Gib sofort diese Pistole her, Tim», sagte Gitti. «Ich bin entsetzt über dein Verhalten.»

«Schwer am Überlegen, Kleiner, was?» Eddy sah mit erhobenen Armen ganz schön dämlich aus.

«Was willst du jetzt tun? Die Polizei rufen? Uns erschießen?» Natürlich wusste er, dass ich die Polizei

nicht rufen würde. Und ich würde auch nicht schießen.
«Sollen wir alle hier warten, bis Mami heimkommt?», fragte Ralf.
«Ich will nur, dass ihr abhaut», sagte ich und meine Stimme klang dabei hundertmal gelassener, als ich mich fühlte. «Geht einfach und lasst uns in Ruhe.»
«Du hast Angst, uns zu erschießen, nicht wahr, Kleiner?» Eddy grinste. «Und wenn wir keine Lust haben zu gehen? Sehen wir so aus, als ob wir uns fürchten?

Eddy, Bert und Ralf Banko fürchten sich vor nichts und vor niemandem, Kleiner. Außer vielleicht vor Gespenstern. Hahaha.»
Ich zwickte mich, obwohl ich schon wusste, dass das kein böser Traum war. Wütend fixierte ich die Tanten. Wie wollten sie die Banko-Brüder denn fangen? Es sah so aus, als hätten sie überhaupt keinen Plan.
«Also gut, meine Herren», sagte Isabel betrübt, «ihr habt gewonnen. Wir geben euch das Geld, wenn ihr versprecht zu gehen.»
Eddy grinste. «Versprochen.»
«Wir verlassen uns darauf», sagte Isabel. «Nun denn, Tim, gib den Banko-Brüdern die Polster.»
«Ha! Dachte ich mir doch, dass das Geld da drin ist.» Eddy ging einen kleinen Schritt vorwärts, zögerte aber, als er bemerkte, dass ich auf seinen Hinterkopf zielte.
Die Tanten hatten einen Plan! Nach der Geldübergabe würde ich die Banditen mit ihrer eigenen Pistole in Schach halten und die Polizei rufen. Wenn die Polizei ankam, könnte ich irgendeine Geschichte erfinden: Dass die Banko-Brüder in das Haus eingebrochen waren und versucht hätten, mich als Geisel zu nehmen, dass sie mit einem Hubschrauber fliehen wollten ... Ich konnte der Polizei sonst was auftischen! Sie würden mir in jedem Fall mehr glauben als den Räubern. Ich musste fast grinsen, als ich die Tanten von der Couch hob und jedem der Brüder eines der Polster übergab.

Dann sagte Isabel: «Und jetzt gib Herrn Banko bitte die Pistole.»
«Wie bitte? Jetzt? Kommt nicht in die Tüte!»
Es würde den ganzen Plan verderben, jetzt die Knarre herzugeben. Eddy würde mich mausetot schießen, wenn er sie wieder kriegte.
«Wir dulden keine Gewalt», sagte Isabel streng. «Auch in Stresszeiten wie diesen werden wir uns nicht auf die schiefe Bahn begeben.»
Sie wandte sich den Brüdern zu, die gierig die Reißverschlüsse der Polster öffneten und die Banknoten bündelweise in Berts Aktentasche stopften. Gitti, die mir am nächsten saß, riss mir die Pistole aus der Hand.
«Bitte nehmen Sie den Ertrag ihrer kriminellen Aktivitäten an sich und verschwinden Sie dann unverzüglich», sagte Isabel. «Sie brauchen sich nicht zu bedanken, dass wir das Geld für Sie aufbewahrt haben.»
Mit überheblicher Miene beendete sie ihre Ansprache. Lotte setzte ihr süßestes Lächeln auf, und auch Gitti sah sehr würdevoll drein.
«Natürlich, meine Damen, wie Sie wünschen. Wir haben schließlich Manieren, nicht wahr, Jungs?! Wir würden doch drei Ladys und einem kleinen Jungen niemals etwas antun. Sie sind wirklich eine Dame. Ich bin beeindruckt. War nett, Sie kennen zu lernen. Also, gehen wir. Wir haben unseren Wagen gleich um die Ecke geparkt.»
Er streckte die Hand nach der Pistole aus. Langsam

nahm Gitti die Waffe aus ihrem Schoß und hielt sie ihm hin.
«Mach keine Dummheiten!», sagte ich mit erstickter Stimme. «Er wird schießen. Gauner halten kein Versprechen!»
Ich schloss die Augen und wartete auf den Schuss. Als ich sie wenige Sekunden später wieder aufmachte, um zu sehen, was los war, klemmte die Pistole in Eddys Gürtel. Die Brüder verließen das Wohnzimmer. Meine Knie fühlten sich wie Pudding an.
«Hey!», sagte Ralf plötzlich, «Hat da draußen nicht ein Auto gehalten? Polizei! Haut ab, Jungs!»
«Ich hab sie nicht gerufen, ehrlich!» Ich hob die Hände.
«Durch die Hintertür!», rief Isabel ihnen nach. Die Banko-Brüder eilten durch den Flur. Bert hielt die Aktentasche mit dem Geld umklammert. Ralf stieß sich den Kopf an der Lampe. Eine Tür knallte zu. Wir hörten einen gedämpften Schrei aus dem Flur und dann das Stimmengewirr der erschrockenen Banko-Brüder:
«Aaagh! Hilfe! Was ist das? Die Tür klemmt! Wir sind in der Falle!»
Ein heftiges Gerumpel und Gepolter war zu hören.
«Es ist nicht die Polizei», sagte Isabel, die von ihrem Sessel aus zum Fenster hinaussah.
«Es ist ein ganz normales blaues Auto.»
«Endlich, der Pizza-Service.»

Gitti konnte vor Lachen kaum weitersprechen. «Die drei Idioten sind vor dem Pizzaservice geflüchtet. Sie sitzen im Wandschrank fest! Hahaha!»
«So viel zu euren Plänen!», bemerkte ich trocken. «Ihr hättet sie einfach laufen lassen, mit dem Geld und allem. Nur durch Zufall stecken sie jetzt im Wandschrank. Im Moment sind sie dort bestens verwahrt. Es ist so gut wie unmöglich, die Tür von innen zu öffnen. Und was sollen wir jetzt tun? Es war ziemlich dumm, Eddy die Pistole zurückzugeben», sagte ich mit unsicherer Stimme zu Isabel. «Sie hätten uns alle umbringen können!»
«Eine Pistole zu benutzen ist gegen das Gesetz und unmoralisch, mein lieber Tim, und man wird so ein Ding noch schwerer los als gestohlenes Geld», erwiderte Isabel. «Außerdem bin ich davon ausgegangen, dass du die Geistesgegenwart hast, die Munition herauszunehmen, während ich die Bande ablenkte. Ich hoffe, du hast das getan.»
Ich wurde rot. Ich hatte keine Ahnung, wie man die Munition aus einer Pistole herausnimmt, vermutlich hätte ich mir dabei selbst in die Hand geschossen.
«Reg dich nicht auf», sagte Gitti grinsend. «Ich hab die Munition herausgenommen.»
Sie deutete auf den kleinen Haufen Patronen in ihrem Schoß. Von der Einfahrt war das Schlagen einer Autotür zu hören.
«Wenn das die Polizei ist, sind sie spät dran», sagte

Lotte. «Und wenn nicht, dann müssen wir sie nochmal anrufen.»
«Was redest du da eigentlich?», fragte ich.
Ein zögerndes Klopfen drang aus dem Wandschrank im Flur. Ich blickte kurz zu den Tanten rüber, dann ging ich hin und hielt mein Ohr an den Türspalt.
«Pst, pst, Kleiner?», flüsterte Eddy. «Bist du da draußen, Kleiner?»
«Ja, was willst du?»
«Kleiner, war das die Polizei, die eben vorgefahren ist?»
«Es ist der Pizza-Service, Angsthase! Haha!»
«Dann lass uns hier raus!», rief Eddy. «Wir haben alle drei Klaustrophobie. Verstehst du, wir halten es in so kleinen Räumen nicht aus. Deswegen können wir uns auch in Gefängniszellen nicht lange aufhalten. Lass uns raus!»
«Halt die Klappe», sagte ich. «Ich weiß, was ich zu tun habe.»
Es klingelte an der Haustür und jemand sagte: «Polizei. Bitte öffnen Sie.»
«Hast du das gehört?», flüsterte ich.
«Der Pizza-Lieferant hat aber einen eigenartigen Humor», meinte Gitti, die immer noch kicherte.
«Was soll ich tun?»
«Das liegt jetzt ganz bei dir», sagte Isabel, «wir sagen nichts, denk dran. Der Polizei schon gar nicht.»

Ich drehte langsam den Türknauf und öffnete die Tür einen Spaltbreit. Zwei Leute standen unter dem Vordach. Sie trugen keine Polizeiuniformen. Ich erkannte sie trotzdem.

«Wir müssen ein paar Worte mit dir reden», sagte der Mann.

«Woher weiß ich überhaupt, dass Sie wirklich von der Polizei sind?»

Ich versuchte, Zeit zu schinden.

«Stell dich nicht so an, du weißt genau, wer wir sind», sagte die Frau.

«Los, Pit – ich meine Wachtmeister Gross –, zeig dem kleinen Besserwisser deinen Ausweis.»

Der rothaarige Mann zückte seinen Ausweis.

«Wachtmeister Gross und meine Kollegin Carola Vogel. Tu nicht so, als wüsstest du nicht, wer ich bin, Schlawiner. Ich hab dich erwischt, als du mit deinem Fahrrad vor dem Kleiderladen rumgeturnt hast. Und ich habe dich an dem Morgen angehalten, an dem die Banko-Brüder die Bank überfallen haben. Natürlich kennst du mich.»

«Und mich kennst du seit dem Tag, an dem du unbefugt das Flussgrundstück betreten hast und den armen Pit fast stranguliert hättest», sagte die Polizistin.

«Wir sind hier, weil sich jemand über den Lärm beschwert hat. Jemand hat Anzeige erstattet, weil hier eine laute Party gefeiert wird.»

«Sie müssen die falsche Adresse haben», entgegnete ich. War das schon wieder ein Trick der Tanten? Ich erinnerte mich, dass Lotte nach dem Hörer gegriffen hatte. Aber sie hatte doch gar keine Zeit gehabt, die Polizei zu rufen.

«Irgendwie tauchst du immer wieder im Zusammenhang mit den Banko-Brüdern auf», sagte der Polizist. «Erst kürzlich wurde hier in der Nachbarschaft ein schwarzer Lieferwagen gestohlen. Ich hab den dringenden Verdacht, es gibt hier einen Zusammenhang.»

«Ich auch», sagte ich leise.

«Sieht ganz so aus, als hätte der Schlawiner etwas zu verbergen», sagte Pit zu Carola. «Oder jemanden. Lass uns mal nachsehen.»

Sie schoben mich beiseite und gingen ins Haus. Ich zitterte. Aus dem Wandschrank war kein Ton zu hören.

«U-u-um», stotterte ich. Mein Herz schlug mir bis zum Hals. Drei Ganoven versteckten sich im Wandschrank, und ich hatte nicht einmal Zeit, mir dafür einen Grund auszudenken. Was sollte ich tun. Den Polizisten alles sagen? Würden sie mir glauben? Wenn ich nur die Tanten fragen könnte, aber sie würden vor der Polizei niemals etwas sagen.

«Hier sieht es ja aus, als hätte ein Wirbelsturm gewütet.» Carola starrte mit großen Augen ins Wohnzimmer. Ich musste zugeben, dass es schlimmer aussah als sonst:

Die Tanten, die in den Sesseln flegelten, die Sofapolster, die mit aufgerissenen Bezügen über den Boden verteilt waren, eine umgefallene Lampe, und überall lagen Chips und Zeitschriften herum.
«Wie ich sehe, hast du mit deinen Puppen eine kleine Tee-Party gefeiert», war Carolas Kommentar, und sie fügte mit leiser Stimme hinzu: «Ich hab dir doch gesagt, der Junge ist ein komischer Vogel, Pit.»
«Sieht aus wie ein Einbruch», sagte Pit. «Hattet ihr heute Abend irgendwelche unerwarteten Besucher?»
Ich stellte die Lampe zurück auf den Tisch und schüttelte den Kopf. «N-nein, kein Einbruch», stammelte ich. Das war ja auch die Wahrheit. Die Banko-Brüder hatten geklopft, und ich hatte sie hereingelassen.
«Sie sind heute Abend die einzigen unerwarteten Besucher.»
In der Einfahrt hielt wieder ein Auto.
«Meine Mutter!», rief ich. «O nein!» Wie sollte ich ihr das Durcheinander und die zwei Polizisten im Wohnzimmer erklären? Die Zeit war mal wieder zu knapp, mir eine Geschichte auszudenken. Was ich auch sagen würde, meine Mutter und die Polizisten würden in jedem Fall Verdacht schöpfen. Ich ließ mich in den Sessel fallen und vergrub den Kopf in den Händen.

Tim, Rick und die Tanten

Die Türglocke klingelte. Isabel, die neben mir saß, stupste mich mit ihrem Spazierstock und versuchte, mir etwas zuzuflüstern. Ich starrte sie wütend an: Sie sollte nicht alles noch schlimmer machen, indem sie anfing zu sprechen.

«Junge, du siehst krank aus», sagte Pit. «Soll ich zur Tür gehen?»

Und Carola fragte: «Klingelt deine Mutter wirklich an ihrer eigenen Haustür?»

Ich sprang auf. Natürlich! Meine Mutter hatte doch ihre Hausschlüssel. Ich lachte erleichtert. Aber wer konnte da geklingelt haben?

«Eine zwölfteilige Luxus-Hawaii-Schinken-Spezial-Pizza!», sagte der Pizza-Lieferant, als ich die Tür öffnete. Hinter ihm sprang mein Freund Rick von seinem Fahrrad. Keuchend kam er zur Tür gelaufen.

«Ist das blaue Auto in der Einfahrt ein Polizeiwagen?», fragte er außer Atem. «Was ist los?»

«Schsch», zischte ich. «Was willst du hier?»

«Ich liefere die bestellte Pizza!», antwortete der Pizza-Mann. «Ist das vielleicht die falsche Adresse?»

«Nein, genau richtig. Kommen Sie rein.»
Rick und der Pizza-Lieferant gingen ins Wohnzimmer. Die Polizisten musterten die beiden misstrauisch. Ich hörte hinter mir ein schwaches Ritsch-ratsch, als wollte jemand sich ein Loch in eine Tür sägen.
Die Pizza zu bezahlen war mir etwas peinlich. Vor den Augen aller nahm ich das Geld aus Isabels Handtasche.
«Du hast ja einen originellen Geldbeutel», sagte der Pizza-Mann.
Ich gab ihm kein Trinkgeld. Nachdem er gegangen war, dachte ich fieberhaft nach, was als Nächstes zu tun sei. Sollte ich die Banko-Brüder erwähnen und riskieren, dass ich mit ihnen eingesperrt wurde? Ich warf den Tanten einen kurzen fragenden Blick zu, aber sie saßen nur da wie drei Stoffpuppen. Ich hatte das Gefühl, ich dürfte nichts tun, was ich nicht vorher mit ihnen abgesprochen hatte. Das hieß, ich musste erst mal Pit und Carola loswerden. Ich hielt ihnen die Pizza-Schachtel hin.
«Ich würde Ihnen gerne diese kleine Pizza schenken, weil Sie doch ganz umsonst hierher gekommen sind», plapperte ich los, «Sie haben sicher noch gar nichts zu Abend gegessen. Ich hoffe, Sie mögen Oliven. Essen Sie, solange sie noch heiß ist.» Ich warf einen bedeutungsvollen Blick zur Eingangstür.
«Was ist denn jetzt eigentlich los?», unterbrach mich

Rick. «Was ist mit den Banko-Brüdern? Sind sie etwa mit dem Geld abgehauen? Ich dachte …»
Meine Kinnlade klappte herunter und ich sackte zusammen. Mein Gesicht verbarg ich in den Händen.
«Okay», sagte Pit, «heraus mit der Sprache. Was wisst ihr Jungs über die Banko-Brüder?»
«Es ist besser, wenn du ihnen alles erzählst, Tim», sagte Rick. Was für ein Freund! Er hatte mich verraten, als ich gerade dabei war, die Polizisten loszuwerden. Aber was wäre das für eine Erleichterung, die Wahrheit zu sagen und alles hinter mich zu bringen! Ich warf den Tanten einen nervösen Blick zu und fing an:
«Also», sagte ich, «ich war ganz schön sauer, dass ich keine Belohnung dafür kriegen sollte, dass ich die Banko-Brüder gefangen hatte. Deswegen –», ich schielte wieder zu den Tanten.
«Also – da ich die Belohnung haben wollte, musste ich die Banko-Brüder nochmal schnappen. Obwohl ich eigentlich keine Lust dazu hatte. Ich hörte in den Nachrichten von dem Motorradunfall an der Brücke und, na, und fand schließlich irgendwie heraus, was passiert sein musste. Also ging ich zu der Stelle am Fluss und, na ja, erwischte mit meiner Angel versehentlich den Wachtmeister, und anschließend verfing sich der Haken zufällig an einem glitschigen Bündel. Ich nahm es mit nach Hause und hatte da natürlich noch keine Ahnung, dass das gestohlene Geld darin war …»

«Diese Story ist doch ein Märchen», bemerkte die Polizistin skeptisch.

«Ich habe drei Tage in diesem dreckigen Fluss verbracht, um nach dem Geld zu suchen», sagte ihr Kollege. «Hattest du das Geld etwa die ganze Zeit? Das ist Unterschlagung! Ich kann dich deswegen verhaften!»

«Bitte nicht», sagte ich. «Ehrlich, ich hatte nie vor, das Geld zu behalten. Ich werde Ihnen alles erklären.»

Ich versuchte mein Bestes. Die Story wurde immer unglaublicher, je mehr ich erzählte. Aber ich musste ja die Tanten aus dem Spiel lassen, um sie zu schützen – und auch mich selbst.

«Also, die Banko-Brüder beobachteten den Angelplatz. Sie hatten wohl gesehen, wie ich das Bündel herausfischte, und irgendwie haben sie herausgefunden, wo ich wohne.»

«Du denkst wohl, wir glauben dir das alles?», schnaubte die Polizistin Carola ungeduldig. «Ich habe schon viel Anglerlatein gehört, aber das ist ja ein tolles Märchen. Wenn du meinst, dass wir dir das abnehmen, bist du auf dem falschen Dampfer.»

Ich erzählte trotzdem unbeirrt weiter.

«Und so», schloss ich meinen Bericht, «fanden mich die Banko-Brüder. Ich konnte ihnen ihre Waffe abnehmen und die Munition entfernen, und nun sind sie mit dem Geld im Wandschrank eingesperrt.»

«Wie bitte?», keuchten die Polizisten und Rick zugleich. Ich nickte. «Sehen Sie selbst nach, wenn Sie es mir nicht glauben. Hier ist die Munition aus der Pistole. Ich brauche sie nicht.»

«Mach die Handschellen fertig», sagte Carola zu Pit, «nur für den Fall, dass diese zwielichtige kleine Ratte die Wahrheit sagt.»

«Sie können mir schon glauben.» Ich grinste. Ich gratulierte mir selbst, dass ich die Story erzählt hatte, ohne zu lügen. Wenn ich auch einige kleine Details ausgelassen hatte …

Zusammen mit Rick folgte ich Pit und Carola in den Flur. Aus dem Wandschrank war nichts zu hören.

«Du bist dir sicher, dass du das alles allein gemacht hast?», fragte Pit plötzlich. «Dir hat dabei niemand geholfen?»

Ich wusste nicht, was ich antworten sollte.

«Natürlich hatten wir etwas Hilfe», antwortete Rick.

O nein! Nicht jetzt! Bitte nichts über die Tanten!

«Künstliche Intelligenz», sagte Rick. «Computer, wissen Sie. Die Polizei sollte auch damit arbeiten.»

«Was?», fragten Pit und ich zugleich.

«Wenn man in meinen Computer alle verfügbaren Informationen eingibt, bekommt man alle möglichen Antworten geliefert. Das hat Tim getan. Natürlich waren seine drei Geräte etwas veraltet. Begrenzte Speicherkapazität und einige geflickte Nähte, ich meine Lei-

POLIZEI

tungen – aber er hätte es kaum ohne ihre Hilfe geschafft, nicht wahr, Tim.»
«Rick hat Recht», stammelte ich. «Absolut.»
«Okay», sagte Carola, «klingt irgendwie logisch. Warum habt ihr uns das nicht früher gesagt? Mit dieser modernen Technik habt ihr einen echten Vorsprung vor uns. Die Polizei sollte wirklich modernisiert werden, bevor ihr noch mehr Verbrecher durch die Lappen gehen.» Ich nickte den Tanten zu.
Die Polizisten Pit und Carola hatten Eddy, Ralf und Bert im Handumdrehen aus dem Wandschrank befreit und ins Auto verfrachtet. Rick und ich begleiteten sie bis zur Einfahrt. Eddy starrte mich wütend an.
«Ich hoffe nur, du gehst nicht zur Polizei, Kleiner, wenn du erwachsen bist», knurrte er, «du wärst ein erstklassiger Bankräuber. Denk in ein paar Jahren mal an mich, eh?»
Er streckte mir seine Hand hin. Ich schüttelte sie und musste grinsen.
«Das kann ich Ihnen nicht versprechen.»
«Beweg dich», sagte Pit. Er drehte sich zu mir um. «Ich werde dich morgen auf die Polizeistation bestellen, damit du eine Aussage machst.»
«Kein Problem», sagte ich. «Ich bringe Rick mit, denn er weiß über ein paar Einzelheiten besser Bescheid.»
«Und außerdem», rief Carola, bevor sie losfuhr, «danke für die Pizza!»

Als sie weg waren, gingen Rick und ich zurück ins Haus.
«Danke, dass du rübergekommen bist», sagte ich. «Was hätte ich ohne dich getan?!»
«Du hast das echt gut gemacht», sagte Rick. «Tim, es tut mir Leid, dass ich dir das mit den Tanten nicht geglaubt hab. Ich muss wohl einiges wieder gutmachen. Wird nicht wieder vorkommen, dass ich dir etwas nicht glaube.»
«Aber eines ist mir immer noch ein Rätsel», sagte ich. «Wie kommt es, dass du so viel gewusst hast? Und warum bist du ausgerechnet heute Abend rübergekommen, und zwar genau im richtigen Moment?»
«Ich sagte doch, dass ich morgen kommen würde.» Rick sah auf seine Armbanduhr und grinste.
«Und es ist nach Mitternacht. Aber im Ernst, ich muss zugeben, ich hatte einen Tipp bekommen. Isabel, Gitti und Lotte haben mir alles erzählt.»
«Dir?» Ich starrte ungläubig auf die Tanten. «Wann? Warum? Wie?»
«Vor ein paar Tagen. Das war ein Teil unseres Planes. Wir haben ihn einfach angerufen», sagte Gitti.
Rick nickte.
«Ich war schon etwas überrascht, als die Tanten mich anriefen. Es hat eine Weile gedauert, bis sie mich überzeugt hatten, dass sie wirklich die waren, die sie zu sein behaupteten.»

«Aber warum?», fragte ich. «Ich dachte, ihr wolltet nicht, dass noch irgendjemand von euch weiß.»

«Wir benötigten Ricks Anrufbeantworter. Und außerdem hofften wir, dass dein Freund auch unser Freund ist.»

«Ich fass es nicht. Ihr wisst alle mehr als ich.»

«Lass mich das erklären», sagte Rick. «Die Tanten haben nur erzählt, dass sie das Geld aufbewahrt haben, um die Banko-Brüder in dein Haus zu locken. Das Problem war, sie zu fangen, wenn sie hier auftauchten. Das Telefon steht normalerweise auf dem Couchtisch. Sie sagten, sie wollten mich bei dem ersten Anzeichen von Gefahr anrufen, und ich sollte dann die Polizei rufen und mich über eine laute Party beschweren. Auf diese Weise wäre ein falscher Alarm nicht verdächtig. Wir hatten einen Code vereinbart, damit wir nicht so viel reden mussten. Die Tanten brauchten nur meine Telefonnummer zu wählen, es einmal läuten zu lassen, aufzuhängen und es dann nochmal läuten zu lassen. Sehr zeitsparend. Und für den Fall, dass ich gerade weg war, wenn sie Hilfe brauchten, hatte ich meinen Anrufbeantworter so programmiert, dass die Nachricht an die Polizeistation weitergegeben worden wäre.»

«Wir haben angerufen, als die Banko-Brüder vor der Tür standen», sagte Lotte stolz. «Wir brauchten dazu nur achtundzwanzig Sekunden.»

«Ich nehme alles zurück, was ich je über euch gelästert

habe», sagte ich zu den Tanten. «Was für ein großartiger Plan. Ich bin echt beeindruckt.»
Isabel räusperte sich. «Wir haben keine Beanstandungen, was dich angeht, lieber Junge. Gut gemacht.»
«Oh, Tim», kreischte Lotte, «du bist so tapfer und zuverlässig und ehrlich und aufrichtig.»
«Ich hasse es, so etwas auszusprechen», sagte Gitti, «aber wir haben noch nie jemanden getroffen, der so sehr ein echter Mann ist wie der junge Tim.»
«Wir haben ihn dazu gemacht», bemerkte Isabel.
«Er denkt, dass er uns gemacht hat», flüsterte Gitti zu Rick. «Aber es ist in Wirklichkeit andersherum.»
Alle lachten. Ich wurde rot und sah sie giftig an. «Sehr witzig!», sagte ich. «Zum Totlachen!»
«Der Prüfstein für einen echten Mann ist sein Humor», sagte Lotte. «Wir haben dich Tapferkeit, Ehrlichkeit, Loyalität und ein paar Manieren gelehrt, seit wir hier sind», sagte Isabel, «aber du bist immer noch derselbe leichtgläubige Junge. Reg dich bloß nicht auf. Auch ein echter Mann muss Schwächen haben – sonst ist er nicht echt.» Alle drei kicherten hinter ihren vorgehaltenen Händen.
«Nur ein kleiner Scherz unter Freunden», sagte Gitti zu Rick. «Wir haben dich vielleicht hin und wieder in Schwierigkeiten gebracht, Tim, aber du musst zugeben, wir hatten jede Menge Spaß.»
Sie langte zu mir rüber und fing an, mich zu kitzeln.

«Hiiilfe!», kreischte ich. «Nimm deine Handschuhe weg von mir!»
«Rühr dich nicht vom Fleck, Kleiner», knurrte sie.
«Nicht kitzeln!» Ich kicherte. «Hilfe, Polizei!»
«Übrigens», sagte Rick, «das Tagebuch von diesem alten Fotografen ist wirklich interessant. Was der erfunden hat!»
«Hast du das Tagebuch gelesen?», fragte ich und floh vor Gitti. «Heißt das, du hast verstanden, wie der Alte Fotos in Gespenster verwandeln konnte? Dieses ganze magische Zeug?»
Der Gedanke ließ mich erschaudern.
«Gespenster? Magie? Mach keine Witze! Der alte Philipp Eisenstein hat versucht, das Fernsehen zu erfinden. Und das ist vielleicht in die Hose gegangen!»
«Fernsehen?», kreischte ich. «Er arbeitete an der ersten Fernsehaufnahme?»
«Steht alles in dem Tagebuch. Ich dachte, für einen Fernsehsüchtling wie dich ist das klar. Er wollte die Vergangenheit festhalten über Raum und Zeit – du weißt doch, diese Bilder überallhin projizieren, in jedes beliebige Haus. Das erste Fernsehen.»
«Mach keine Witze!»
Ich erinnerte mich, dass der Fernseher an dem Abend plötzlich nicht mehr ging, als ich anfing, mit meiner Mutter die Tanten zu basteln, und dass er wieder funktionierte, als sie fertig waren. Ich erzählte Rick davon.

«So, wie ich das einschätze», sagte er, «sind die Tanten irgendwie das Ergebnis eines fehlgeschlagenen Experiments. Zu schade, dass Eisenstein es nicht mehr miterleben kann, was passiert ist. Die Tanten sind nicht in den Fernseher hineingelangt, sie sind glatt hindurchgegangen. Irgendein unerklärlicher elektromagnetischer Einfluss. Vielleicht lag es daran, dass ihr Foto fünfzig Jahre später mit Fernsehwellen in Kontakt kam. Wer weiß? Vielleicht ist doch ein wenig Zauberei im Spiel.»

«Das soll glauben, wer will», bemerkte Gitti.

«So was! Ein fehlgeschlagenes Experiment», sagte Isabel.

«Ach, du liebe Güte», sagte Lotte.

Ich hatte ein schlechtes Gewissen, weil ich vorgehabt hatte, die Tanten heimlich zu filmen, um Rick zu beweisen, dass sie echt waren. Das wäre reichlich gemein gewesen. Ich wusste, wie sehr sie den Fernseher hassten. Es hätte sogar gefährlich werden können. Eine Videoaufnahme hätte sie vielleicht in eine ganz andere Zeit versetzt, und ich hätte sie nie mehr wieder gesehen. Ich schüttelte den Kopf. War ich froh, dass ich sie nicht gefilmt hatte. Die Tanten hatten Recht: Fernsehen ist nicht annähernd so aufregend wie das wirkliche Leben.

Lotte, die der Eingangstür am nächsten saß, legte ihre Finger auf die Lippen. «Schsch, ich höre etwas!»

«Haha», sagte ich. «Ihr könnt mich nicht mehr so leicht hinters Licht führen. Ich kenne eure Tricks.»

Dann hörte ich es auch: Schritte auf der Veranda. Ich zögerte einen Moment, ging dann zur Tür, riss sie auf und seufzte vor Erleichterung.

«Schön, dass du da bist!», sagte ich.

«Auch schön, dass du da bist», sagte meine Mutter, kam herein und küsste mich auf die Nase.

«Du hättest nicht auf mich warten müssen. Hattest du keine Angst, so spät allein im Haus? Ach, Tim, das war eine Party! Schade, dass du nicht dabei warst. Die ganze alte Theater-Crew war da. Und Tim – es ist das Aufregendste passiert, was nur geschehen konnte! Wir haben beschlossen, das Theater zu kaufen! Wir werden es in ein Theaterlokal umwandeln. Ich werde die Stücke schreiben! Tim, mein Traum wird wahr. Ich hab so viele Ideen. Ich werde die Tanten in einem spannenden Kriminalstück mitspielen lassen!» Meine Mutter bemerkte erst jetzt die Unordnung im Wohnzimmer. «Großer Gott! Was hast du bloß gemacht? Hallo, Rick. Ich hätte dich doch mitgenommen, wenn ich gewusst hätte, dass du rüberkommst. Aber ich glaube, es ist jetzt wirklich Zeit, dass ihr beiden ins Bett geht. Ich geh auch gleich schlafen. Du bleibst doch über Nacht, Rick? Was willst du zum Frühstück?»

«Keine Müsli-Shakes!», sagte ich. «Und keine Froschschenkel!»

«Toast», sagte Rick. «Wir haben uns einen Toast verdient.»

Meine Mutter grinste. «Und zwar auf die Freundschaft!», fügte sie hinzu.
Sie gähnte und ging zur Treppe, während sie etwas von ‹wildem Gelage wie im Mittelalter› murmelte.
«Ihr Lieben!», kreischte Lotte. «Habt ihr gehört, was Tims Mutter sagte? Wir spielen in einem Theaterstück mit. Wir werden auf der Bühne stehen!»
«Kommt nicht in Frage», sagte Isabel streng. «Die Bühne! Wie schrecklich vulgär. Fast so niveaulos wie das Fernsehen. Wir werden doch nicht wie dressierte Affen Theaterbesucher unterhalten.»
«Obwohl es als kleine Abwechslung nicht schlecht wäre», sagte Gitti. «Sonst wird es langweilig.»
«He! Etwas hab ich ganz vergessen!», sagte ich.
«Was?», fragte Rick.
«Ich hab die Polizisten nicht gefragt, ob wir eine Belohnung kriegen – für die Ergreifung der Banko-Brüder!»
«Immer vorausgesetzt», sagte Isabel trocken, «dass sie auf der Fahrt zur Wache nicht wieder entkommen sind.»
Rick stöhnte. «O nein, bitte nicht!»
«He», sagte ich, «hat sonst noch jemand Hunger? Ich hab noch etwas Geld übrig. Lasst uns eine neue Pizza bestellen. Wir haben noch eine Menge zu feiern – und die ganze Nacht vor uns!»

Felicity Finn
lebt zusammen mit ihrer
Familie im Hinterland
von Ontario in Kanada.
Sie arbeitete am Theater
und ist Autorin von
Bühnenstücken, Romanen
und Kinderbüchern.